W0062720

Alexander Grin
Purpursegel

ex oriente –

Literatur aus dem Osten

Herausgegeben
und mit einem Nachwort von
Leonhard Kossuth

ALEXANDER GRIN
PURPURSEGEL

Eine Feerie

Aus dem Russischen von
Charlotte Kossuth

Titel der Originalausgabe: Alye parusa
Erstausgabe: Verlag L. D. Frenkel, Petrograd 1923

Die Deutsche Bibliothek / CIP-Einheitsaufnahme:

Grin, Aleksandr:
Purpursegel : eine Feerie / Alexander Grin. Aus dem Russ.
von Charlotte Kossuth. [Hrsg. und mit einem
Nachw. von Leonhard Kossuth]. - Leipzig : LKG, 1995
(Ex oriente – Literatur aus dem Osten)
Einheitssacht.: Alye parusa <dt.>
ISBN 3-376-05019-8
Vw: Grinjewskij, Aleksandr S. [Wirkl. Name] → Grin, Aleksandr

Copyright der deutschen Ausgabe © 1995 by LKG
Leipziger Kommissions- und Großbuchhandelsgesellschaft mbH
Schutzumschlag und Typographie: Lothar Reher
Druck: Westermann Druck Zwickau GmbH
Printed in Germany

ISBN 3-376-05019-8

1
Die Verheißung

LONGREN, MATROSE AUF DER STOLZEN DREIHUNDERT-
tonnenbrigg »Orion«, an der er nach zehn Jahren Dienst
mehr hing als mancher Sohn an seiner Mutter, mußte schließlich abmustern.

Das kam so. Als er, was selten genug geschah, wieder
einmal nach Hause zurückkehrte, sah er nicht wie sonst immer schon von weitem seine Frau Mary auf der Schwelle
überrascht in die Hände klatschen und ihm dann so schnell
entgegenlaufen, daß ihr die Luft wegblieb. Dafür erwartete
ihn im Haus – an einem Kinderbett, das es dort früher nicht
gegeben hatte – die aufgeregte Nachbarin.

»Drei Monate kümmere ich mich schon um sie, Alter«,
sagte sie. »Schau dir deine Tochter an.«

Erbleichend beugte sich Longren über das Bett und erblickte ein acht Monate altes kleines Wesen, das andächtig
seinen langen Bart betrachtete, dann setzte er sich, schlug
die Augen nieder und zwirbelte seinen Schnurrbart. Der
war naß vom Regen.

»Wann ist Mary gestorben?« fragte er.

Die Frau erzählte die traurige Geschichte, schäkerte zwi-
schendurch immer wieder mit dem Kind und versicherte,
Mary sei im Paradies.

Als Longren die Einzelheiten erfahren hatte, erschien ihm
das Paradies nicht viel heller als ein Holzschuppen, und er
dachte, wenn sie jetzt alle drei zusammen wären, hätte die in
ein unbekanntes Land dahingegangene Frau schon am Schein
einer einfachen Lampe eine durch nichts zu ersetzende Freude.

Vor drei Monaten war die junge Mutter mit ihrem Unter-
halt in größte Not geraten. Von dem Geld, das ihr Longren

dagelassen hatte, war gut die Hälfte für ihre Behandlung nach der schweren Entbindung und für die Pflege des Neugeborenen draufgegangen. Als sie schließlich eine kleine, aber lebensnotwendige Restsumme verloren hatte, sah sie sich gezwungen, Menners zu bitten, daß er ihr Geld leihe.

Menners betrieb einen Laden nebst Ausschank und galt als wohlhabend.

Um sechs Uhr abends war Mary zu ihm gegangen. Gegen sieben hatte die Nachbarin sie auf der Straße nach Liss getroffen. Verweint und völlig aufgelöst sagte Mary, sie gehe in die Stadt, um ihren Ehering zu versetzen. Und fügte hinzu, Menners habe sich bereit erklärt, ihr Geld zu leihen, doch dafür Liebe verlangt. Sie hatte nichts erreicht.

»Wir haben zu Hause keinen Krümel mehr zu essen«, sagte sie zur Nachbarin. »Jetzt gehe ich in die Stadt, irgendwie werde ich mich mit der Kleinen bis zur Rückkehr meines Mannes durchschlagen.«

An jenem Abend war es kalt und windig gewesen, vergebens hatte die Nachbarin der jungen Frau zugeredet, nicht spätabends nach Liss zu gehen.

»Du wirst naß werden, Mary, es tröpfelt ja schon, und ehe du dich's versiehst, treibt der Wind einen Regenguß her.«

Mindestens drei Stunden brauchte man vom Küstendorf in die Stadt und zurück, wenn man kräftig ausschritt, doch Mary hörte nicht auf den Rat der Nachbarin. »Ich will nicht länger euer Mitleid strapazieren«, sagte sie. »Sowieso habe ich mir fast bei jeder Familie Brot, Tee oder Mehl geborgt. Ich versetze den Ring, basta!« Sie war gegangen und wieder zurückgekommen, am nächsten Tag aber mußte sie mit hohem Fieber ins Bett und begann sogar zu phantasieren. Das Unwetter und die abendliche Abkühlung hatten ihr eine doppelseitige Lungenentzündung eingebracht, wie der von der gutherzigen Nachbarin aus der Stadt herbeigerufene Arzt sagte. Eine Woche darauf verwaiste ihre Hälfte von Longrens Doppelbett, und die Nachbarin zog in sein Haus, um das Kind zu betreuen. Der alleinstehenden Frau fiel das nicht schwer.

»Außerdem«, setzte sie hinzu, »ist es ohne so einen kleinen Fratz langweilig.«

Longren fuhr in die Stadt, ließ sich seine Papiere geben, verabschiedete sich auch von den Kameraden und widmete sich von nun an der Erziehung seiner kleinen Assol. Solange das Mädchen noch nicht sicher laufen konnte, lebte die Witwe bei dem Matrosen und ersetzte der Waise die Mutter, aber sowie Assol nicht mehr stürzte, sooft sie ein Füßchen über die Schwelle setzen wollte, erklärte Longren entschieden, nun werde er sich allein um das Mädchen kümmern, dankte der Witwe für ihre verständnisvolle Hilfe und ergab sich weiterhin völlig dem Leben eines Witwers. Alle seine Gedanken, alle Hoffnung, alle Liebe galten nur noch dem kleinen Wesen.

Die zehn unsteten Jahre eines Fahrensmannes hatten ihm keine Ersparnisse eingebracht. Er begann zu arbeiten. Bald tauchten in den Läden der Stadt seine Spielsachen auf: kunstvoll gefertigte Modelle von Booten, Kuttern, Segelschiffen, Ein- oder Zweimastern, Kreuzern, Dampfern – kurz, von alldem, was er gut kannte und was nachzubilden ihm zum Teil das Getriebe des Hafenlebens und die Romantik der Seefahrt ersetzte. Auf solche Weise fand Longren sein bescheidenes Auskommen. Wenig umgänglich von Natur, wurde er nach dem Tod seiner Frau noch verschlossener und menschenscheuer. An Feiertagen ließ er sich manchmal in der Schenke blicken, doch nie setzte er sich an einen Tisch; hastig trank er an der Theke ein Glas Wodka, beantwortete alle Zurufe und Gesten der Nachbarn nur mit »ja«, »nein«, »guten Tag«, »Wiedersehn«, »recht und schlecht« und ging wieder. Gäste litt er nicht, er warf einen Besucher zwar nicht gerade hinaus, kam ihm aber mit solchen Anspielungen und Ausflüchten, daß dem nichts anderes übrigblieb, als unter einem Vorwand wieder zu verschwinden.

Longren selbst besuchte niemand. So entstand zwischen ihm und seinen Landsleuten eine Entfremdung, und wäre Longren mit seiner Arbeit – der Spielzeugherstellung – von den Dorfangelegenheiten auch nur ein wenig abhängig gewesen, dann hätte er die Folgen seines Verhaltens deutlich zu spüren bekommen. Lebensmittel und sonstige Waren kaufte er in der Stadt; Menners hätte nicht damit prahlen können, daß Longren bei ihm auch nur eine Streichholzschachtel gekauft hätte. Longren besorgte alle Hausarbeit selbst und erlernte geduldig die für einen Mann so ungewöhnliche Kunst, ein Mädchen aufzuziehen.

Assol war mittlerweile schon fünf Jahre alt, und der Vater lächelte immer weicher, sooft er ihr empfindsames, liebes Gesichtchen betrachtete, während sie auf seinen Knien saß und das Geheimnis der zugeknöpften Weste zu ergründen suchte oder drollig Matrosenlieder sang – eigentlich ein wildes Geplärr. Ihre Kinderstimme, die noch dazu mit dem »R« Schwierigkeiten hatte, verlieh ihrem Gesang etwas vom Gebrumm eines mit einem blauen Band geschmückten Tanzbären. Damals ereignete sich etwas, von dem ein Schatten auf ihren Vater, zugleich aber auch auf die Tochter fiel.

Es war Frühling, ein zeitiger Frühling, rauh wie der Winter, aber doch anders. Drei Wochen schon fegte ein scharfer Nordwind über die kalte Erde.

Die Fischerboote waren an Land gezogen und lagen auf dem weißen Sand in einer langen Reihe dunkler Kiele, die an die Rücken von riesigen Fischen erinnerten. Niemand traute sich, bei diesem Wetter auf Fischfang zu gehen. Auf der einzigen Straße des Dorfes ließ sich nur selten einer blikken, der kalte Wirbelwind, der von den Dünen in die Leere des Horizonts raste, machte die »frische Luft« zu einer Folter. Alle Schornsteine von Kaperna qualmten von früh bis spät und trieben den Rauch über die spitzen Dächer.

Doch diese Nordwindtage lockten Longren öfter aus seinem kleinen warmen Haus als die Sonne, die bei klarem Wetter das Meer und Kaperna mit Schleiern aus zartem Gold bedeckte. Longren liebte es, auf einen von zahlreichen Pfählen getragenen und weit ins Wasser ragenden Brettersteg hinauszugehen. Geruhsam rauchte er an dessen Ende seine vom Wind angefachte Pfeife und sah zu, wie die Wellen in ihrem donnernden Lauf zum sturmdurchtosten schwarzen Horizont den Raum mit ganzen Scharen von phantastischen, langmähnigen Wesen füllten, die in entfesselter, wütender Verzweiflung einer fernen Erlösung entgegenstrebten, während dahinter, auf dem vom Wasser entblößten Ufersaum grauer Schaum aufschoß und vergeblich hinterherzukommen suchte. Das Gestöhn und der Lärm, das tosende Aufschießen riesiger Wogen und ein fast sichtbarer Windstrom, der durch die Landschaft flutete – so stark war er –, gaben Longrens gequälter Seele jene Abgestumpftheit und Taubheit, die, einem tiefen Schlaf ähnlich, Leid zu unbestimmter Trauer werden lassen.

An einem dieser Tage bemerkte Menners zwölfjähriger Sohn Chin, daß seines Vaters Boot unterm Steg ständig so an die Pfähle prallte, daß seine Bordwand zu zerbrechen drohte, und sagte es dem Vater. Der Sturm war gerade erst aufgekommen, und Menners hatte vergessen, sein Boot an Land zu ziehen. Er begab sich sofort ans Wasser, wo er am Ende des Steges Longren stehen sah – rauchend und mit dem Rücken zum Land. Außer ihnen beiden war niemand am Strand. Menners ging bis zur Mitte des Steges, stieg in sein auf dem brodelnden Wasser tanzendes Boot und band die Leine los. Im Boot stehend, versuchte er, es an Land zu stoßen, indem er sich mit den Händen von Pfahl zu Pfahl vorwärtszog. Riemen hatte er nicht mitgenommen. Als er plötzlich schwankte und den nächsten Pfahl verfehlte, drehte ein heftiger Windstoß den Bug des Bootes aufs Meer zu. Jetzt konnte Menners, so groß er war, den nächstgelegenen Pfahl nicht mehr erreichen. Wind und Wellen schaukelten das Boot und trugen es hinaus in die verhängnisvolle Weite. Als Menners die Lage erkannte, wollte er ins Wasser springen und ans Ufer schwimmen, doch sein Entschluß kam zu spät – das Boot trieb bereits unweit vom Ende des Steges, wo die Tiefe des Wassers und die Wucht der Wellen den sicheren Tod bedeutet hätten. Zwischen Longren und dem in die stürmische Weite hinaustreibenden Menners lagen nur etwa zwanzig Meter, und eine Rettung wäre noch möglich gewesen, denn am Steg, für Longren bequem erreichbar, hing eine Rolle Tau, an deren einem Ende ein Gewicht befestigt war. Das Tau war für Landungen bei stürmischem Wetter vorgesehen, dann wurde es den Schiffern zugeworfen.

»Longren!« schrie der zu Tode erschrockene Menners. »Was stehst du da wie ein Klotz? Du siehst doch, ich werde abgetrieben, wirf mir das Tau zu!« Longren schwieg und blickte ruhig auf den im Boot hin- und herlaufenden Menners, nur seine Pfeife qualmte stärker; und er nahm sie nach kurzem Zögern aus dem Mund, um besser beobachten zu können, was da vor sich ging. »Longren!« heulte Menners auf. »Du hörst mich doch, ich gehe zugrunde, rette mich!« Doch Longren sagte kein Wort, er schien das verzweifelte Jammergeschrei gar nicht zu hören. Während das Boot immer weiter abtrieb, bis Menners Schreie kaum noch zu verstehen waren, veränderte Longren nicht einmal seine Beinstellung. Menners heulte vor Entsetzen und beschwor den Matrosen, zu den Fischern zu laufen und Hilfe herbeizurufen, er versprach ihm Geld, drohte ihm und überschüttete ihn mit Verwünschungen, aber Longren trat nur noch näher ans Ende der Steges, um das wegdriftende, schlingernde Boot nicht so bald aus den Augen zu verlieren. »Longren«, drang es dumpf zu ihm, als säße er zu Hause im Zimmer und einer riefe vom Dach: »Rette mich!«

Da holte Longren tief Luft, damit im Wind kein Wort verlorenging, und schrie: »Sie hatte dich ebenso gebeten! Denk daran, so lange du noch am Leben bist, Menners, und vergiß es nicht!«

Da verstummten die Schreie, und Longren ging nach Hause. Assol, die aufgewacht war, sah den Vater in tiefem Sinnen vor der erlöschenden Lampe sitzen. Als er hörte, daß das Mädchen nach ihm rief, ging er zu ihm, küßte es herzhaft und deckte es gut zu.

»Schlaf, mein Liebling«, sagte er. »Bis zum Morgen ist es noch weit.«

»Was machst du?«

»Ich habe ein teuflisches Spielzeug gemacht, Assol, schlaf!«

Am nächsten Tag war in Kaperna von nichts anderem die Rede als von dem verschwundenen Menners, am sechsten Tag aber wurde er nach Hause gebracht, mehr tot als lebendig und voller Erbitterung. Was er erzählte, ging in den umliegenden Dörfern schnell von Mund zu Mund. Bis zum Abend hatte es sein Boot auf dem Meer umhergetrieben; schmerzhaft zwischen den schaukelnden Bordwänden hin und her geschleudert, fast den Verstand verlierend, hatte der Krämer gegen die ständigen Versuche der wütenden Wellen angekämpft, ihn ins Meer zu werfen, bis ihn schließlich der Dampfer »Lucrecia«, der nach Kasset fuhr, aufnahm.

Eine Erkältung und der Schock, den er erlitten hatte, machten Menners Leben ein Ende. Während der knapp achtundvierzig Stunden, die er noch lebte, beschwor er alles nur erdenkliche Unheil über Longrens Haupt.

Menners Bericht, wie der Matrose seiner Tragödie zugesehen und ihm Hilfe verweigert hatte, beeindruckte die Kapernaer um so mehr, als der Sterbende ständig röchelte und stöhnte. Zudem erinnerte sich wohl kaum einer an die viel schwerere Kränkung, die Longren zugefügt worden war, und kaum einer hätte so bis an sein Lebensende zu trauern vermocht wie er um Mary – sie fanden es widerwärtig und unbegreiflich, daß Longren *schwieg*. Schweigend hatte er dagestanden, ehe er Menners seine letzten Worte hinterherrief, reglos, streng und still wie ein Richter, war er stehengeblieben, nachdem er Menners seine tiefe Verachtung bekundet hatte – in seinem Schweigen hatte mehr als Haß gelegen, und das spürten alle. Hätte er geschrien, hätte er angesichts von Menners Verzweiflung mit Gesten, eifernder Schadenfreude oder sonstwie triumphiert, dann hätten die Fischer ihn verstanden, doch er hatte sich anders verhalten, als sie es getan hätten, *beeindruckend unbegreiflich,* und damit hatte er sich über alle anderen gestellt, kurz – er hatte etwas Unverzeihliches getan. Niemand grüßte ihn mehr, niemand reichte ihm mehr die Hand, niemand warf ihm einen freundlichen Blick zu. Für immer und allezeit blieb er nun im Dorf ein Außenseiter. Wenn die Jungen ihn erblickten, schrien sie ihm nach: »Longren hat Menners ertränkt!« Er beachtete es nicht. Er schien auch nicht wahrzunehmen, daß die Fischer in der Gastwirtschaft oder bei den Booten am Strand verstummten, sobald er erschien, daß sie ihm aus dem Weg gingen wie einem Aussätzigen. Die Begebenheit mit Menners hatte die schon vorher bestehende Entfremdung vertieft. Sie war nun vollständig geworden und hatte einen unlöschbaren gegenseitigen Haß hervorgerufen, dessen Schatten auch auf Assol fiel.

Das Mädchen wuchs ohne Freundinnen auf. Die zwei, drei Dutzend Kinder ihres Alters, die in Kaperna lebten, folgten, gelehrig wie Kinder in aller Welt, dem hier herrschenden vordergründigen Familienprinzip, das auf der unerschütterlichen Autorität von Mutter und Vater beruht, und entzogen Assol ein für allemal ihre Zuneigung, ihre Aufmerksamkeit. Das geschah natürlich nach und nach, begleitet von Ermahnungen und Anschnauzern der Erwachsenen, es verfestigte sich zu einem schrecklichen Verbot, und böswilliges Geschwätz pflanzte in die Kinderköpfchen auch noch Furcht vor dem Haus des Matrosen.

Obendrein löste Longrens zurückgezogenes Leben die hysterische Zunge des Klatsches; man erzählte sich, der Matrose habe irgendwo irgend jemand totgeschlagen und dürfe daher auf keinem Schiff mehr anheuern, ungesellig und finster aber sei er, weil ihn wegen seiner Verbrechen Gewissensbisse plagten. Beim Spiel jagten die Kinder Assol weg, sobald sie sich ihnen näherte, bewarfen sie mit Schmutz und zogen sie damit auf, daß ihr Vater angeblich Menschenfleisch gegessen habe und jetzt auch noch Falschgeld herstelle. Alle scheuen Versuche Assols, sich ihnen zu nähern, endeten mit blauen Flecken, Kratzern und anderen Äußerungen der gesellschaftlichen Ächtung, mit bitteren Tränen; schließlich fand sie sich mit den Kränkungen ab, fragte aber dennoch hin und wieder den Vater: »Sag, warum lieben sie uns nicht?«

»Ach, Assol«, sagte Longren, »können sie denn überhaupt lieben? Zu lieben muß man verstehen, sie aber können es nicht.«

»Wie – verstehen?«

»So!« Er nahm das Mädchen auf den Arm und küßte ihre traurigen Augen so herzhaft, daß sie sie selig zusammenkniff.

Abends oder feiertags gab es für Assol ein besonderes Vergnügen: Wenn der Vater die Kleistertöpfe, das Werkzeug und die noch nicht beendete Arbeit beiseite stellte, die Schürze abnahm und sich setzte, um mit der Pfeife im Mund auszuruhen, kletterte sie auf seine Knie und tippte von da aus, im sicheren Ring seiner Arme sich drehend, auf verschiedene Teile des Spielzeugs, um nach ihrer Bedeutung zu fragen. So begannen eigenartige, phantastische Unterrichtsstunden über das Leben und die Menschen, Unterrichtsstunden, in denen Longren dank seiner Lebenserfahrung, in der Zufälligkeiten, der Zufall überhaupt, eine große Rolle gespielt hatten, wunderlichen, erstaunlichen und ungewöhnlichen Ereignissen den größten Raum widmete. Longren nannte dem Mädchen die Namen vom Takelwerk, von Segeln und anderen Dingen des Seemannsalltags und geriet dabei selbst so in Begeisterung, daß er bald dazu überging, allerlei Episoden zu erzählen, in denen mal die Ankerwinde, mal das Steuerrad, dann wieder der Mast, ein Bootstyp oder dergleichen eine Rolle spielten, bis ihm schließlich auch solche Illustrationen nicht mehr genügten und er bereits große Geschichten von der Seefahrt entwarf, wobei er Spukgeschichten mit der Wirklichkeit und die Wirklichkeit mit Bildern seiner Phantasie vermengte. Da tauchte eine *Tigerkatze* auf, die den Untergang von Schiffen vorhersagte; ein sprechender Fliegender Fisch, dessen Befehle man ausführen mußte, wollte man nicht vom Kurs abkommen; der Fliegende Holländer mit seiner wilden Mannschaft; mystische Vorzeichen, übersinnliche Erscheinungen, Nixen, Piraten – kurz alles, was das Seemannsgarn eines Fahrensmanns hergibt, wenn er sich bei Windstille oder in seiner geliebten Schenke die Zeit vertreibt. Longren erzählte auch von Schiffbrüchigen, von verwilderten Menschen, die das Sprechen verlernt hatten, von verborgenen Schätzen, von Sträflingsrevolten und vielem anderen, was bei dem Mädchen vielleicht noch mehr Interesse weckte als seinerzeit bei den Zuhörern des Kolumbus dessen erste Berichte über den neuen Kontinent. »Erzähl doch weiter«, bat Assol, wenn Longren, tief in Gedanken, verstummte; und sooft sie an seiner Brust einschlief, hatte sie den Kopf voll wundersamer Träume.

Große Freude, die aber zugleich materiell begründet war, bereitete es ihr auch immer wieder, wenn aus der Stadt der Handlungsgehilfe des Spielwarenhändlers erschien, der Longrens Arbeiten gern kaufte. Um den Vater gnädig zu stimmen und ihm etwas abzuhandeln, brachte ihr der Handlungsgehilfe gewöhnlich ein paar Äpfel mit, eine süße Pirogge oder eine Handvoll Nüsse. Longren feilschte nicht gern und verlangte meistens den wirklichen Gegenwert, doch der Handlungsgehilfe versuchte immer, den Preis zu drücken.

»Was wollt ihr«, sagte Longren, »an diesem Boot habe ich eine Woche gearbeitet.« Es war ein fast anderthalb Hand langes Boot. »Sieh nur, wie solide es gebaut ist! Mit was für einem Tiefgang! Und die Qualität? Fünfzehn Mann trägt es, bei jedem Wetter!« Das endete gewöhnlich damit, daß die stille Beschäftigung des Mädchens, das an seinem Apfel schnurpste, Longren die Kraft und die Lust zum Streiten nahm; er gab nach, und der Handlungsgehilfe stopfte seinen Korb mit prächtigen, unverwüstlichen Spielsachen voll und lachte sich auf dem Rückweg ins Fäustchen.

Alle Hausarbeit besorgte Longren selbst: Er hackte Holz,

holte Wasser, heizte den Ofen, kochte, wusch und plättete und schaffte es dabei noch, Geld zu verdienen. Als Assol acht Jahre alt war, lehrte der Vater sie lesen und schreiben. Nun nahm er sie auch ab und zu in die Stadt mit und schickte sie später sogar allein, wenn im Geschäft Geld geholt oder Ware dorthin gebracht werden mußten. Das kam nicht oft vor, obwohl Liss nur vier Werst von Kaperna entfernt lag, aber der Weg führte durch Wald, und im Wald kann vieles ein Kind erschrecken, abgesehen von der Gefahr für seinen Leib, die zwar bei dieser Nähe zur Stadt wenig wahrscheinlich war, mit der aber doch gerechnet werden mußte. Deshalb schickte Longren Assol nur an schönen Tagen in die Stadt, frühmorgens, wenn der dichte Wald zu beiden Seiten des Weges sonnendurchflutet war, voller Blumen und Stille, so daß der empfindsamen Assol keine Trugbilder ihrer lebhaften Phantasie drohten.

Bei einem solchen Gang in die Stadt setzte sich das Mädchen einmal nach der halben Strecke an den Wegrand, um ein Stück Kuchen zu essen, das ihr der Vater als Frühstück in den Korb gelegt hatte. Während sie aß, sah sie sich die Spielsachen an; zwei, drei kannte sie noch nicht, Longren hatte sie in der Nacht hergestellt. Das eine war eine kleine Rennjacht, das weiße Schiffchen hatte purpurrote Segel, angefertigt aus Seidenresten, die Longren beim Auskleiden der Kajüten von Spielzeugdampfern für einen reichen Käufer übriggeblieben waren. Als er die Jacht fertigstellte, fand er wohl nichts Passendes für die Segel und nahm, was ihm gerade unter die Finger kam: diese Reste purpurroter Seide. Assol war entzückt. Die fröhliche flammende Farbe loderte in ihrer Hand wie Feuer. Ihren Weg kreuzte ein Waldbach, den ein hölzerner Steg überbrückte. Wenn ich das Schiff ins Wasser setze und ein wenig schwimmen lasse, überlegte sie, wird es doch nur unten ein wenig naß, ich trockne es hinterher ab. Jenseits des Stegs folgte sie dem Bach einige Schritte weit in den Wald und ließ dann das Schiff, das ihr so gut gefallen hatte, behutsam ins Wasser. Die Segel spiegelten sich sogleich purpurrot im durchsichtigen Wasser, und das durch den Stoff fallende Licht legte sich als rosaroter Widerschein auf die weißen Steine am Grund.

»Wo kommst du her, Kapitän?« fragte Assol wichtigtuerisch eine erfundene Person und antwortete sich sogleich selbst: »Ich komme ... komme ... komme aus China.« – »Und was bringst du mit?« – »Das sage ich dir nicht.« – »Ach, so einer bist du, Kapitän! Na, dann setze ich dich wieder in den Korb!« Schon wollte der Kapitän demütig erwidern, er habe nur Spaß gemacht und wolle ihr einen Elefanten zeigen, als eine leichte Strömung die Jacht unversehens mit dem Bug zur Mitte des Baches drehte, worauf sie sich wie eine richtige Jacht vom Ufer losriß und mit voller Fahrt bachabwärts schwamm. Im selben Augenblick veränderten sich alle Maßstäbe: Der Bach erschien dem Mädchen nun als riesiger Fluß und die Jacht als ein fernes großes Schiff, nach dem sie erschreckt und verwirrt die Hände ausstreckte. Der Kapitän ist erschrocken, dachte sie und lief ihrem davonschwimmenden Spielzeug nach, in der Hoffnung, es würde irgendwo ans Ufer getragen.

Während sie mit ihrem Korb, der zwar nicht schwer, ihr aber lästig war, vorwärts hastete, sagte sie sich immer wieder: Mein Gott! Mußte mir das passieren ... Sie bemühte sich, das schöne, flott dahineilende Segeldreieck nicht aus den Augen zu verlieren, stolperte dabei, stürzte und lief erneut weiter.

Noch nie war Assol so tief in den Wald eingedrungen wie jetzt. Beseelt von dem Wunsch, das Spielzeug zu erhaschen, sah sie sich überhaupt nicht um; am Ufer, das sie entlanglief, gab es genügend Hindernisse, auf die sie achten mußte. Bemooste Stämme von umgefallenen Bäumen, Erdlöcher, hoher Farn, Heckenrosen, Jasmin und Haselnußsträucher hemmten sie auf Schritt und Tritt, sie überwand sie, doch das kostete viel Kraft, und sie blieb immer öfter stehen, um Atem zu schöpfen oder eine klebrige Spinnwebe vom Gesicht zu wischen. Wo sich das Ufer erweiterte, nahmen ihr

Riedgras- und Schilfgürtel die Sicht, dann verlor sie die purpurn leuchtenden Segel völlig aus den Augen; doch sowie sie eine Windung des Baches hinter sich gelassen hatte, zeigten sie sich erneut – sie eilten gemächlich, aber stetig davon. Als sich das Mädchen einmal umsah, überraschte sie die Erhabenheit des Waldes, dessen Farbenspiel von rauchgrauen, das Laub durchschneidenden Lichtsäulen bis zu dunklen Klüften undurchdringlichen Dämmers. Für einen Augenblick erschrak sie, dann erinnerte sie sich wieder an das Spielzeug, seufzte und lief weiter, so schnell sie konnte.

Etwa eine Stunde dieser erfolglosen und aufregenden Jagd war vergangen, als Assol verwundert, aber auch erleichtert sah, daß der Wald lichter wurde; vor ihr taten sich die blauen Fluten des Meeres auf, zeigten sich Wolken und der Rand einer gelben, sandigen Steilwand, auf die sie auch schon hinauslief, vor Erschöpfung taumelnd. Hier mündete der Bach, gar nicht breit und so seicht, daß man die blau umspülten Steine sah, seewärts verschwand er in den entgegenrollenden Meereswogen. Von der verhältnismäßig niedrigen, wurzeldurchzogenen Steilwand aus entdeckte Assol einen Mann, der mit dem Rücken zu ihr auf einem flachen großen Stein am Bach saß, die entwichene Jacht in den Händen hielt und sie von allen Seiten betrachtete, neugierig wie ein Elefant, der einen Schmetterling gefangen hat. Halbwegs beruhigt, daß das Spielzeug noch heil war, kletterte sie den Hang hinunter, trat auf den Unbekannten zu und musterte ihn prüfend, in Erwartung, daß er aufschaute. Doch der Mann war so in den Anblick der aus dem Wald gekommenen Überraschung vertieft, daß das Mädchen Zeit hatte, ihn von Kopf bis Fuß zu betrachten; und sie stellte fest, daß sie einen wie ihn noch nie gesehen hatte.

Vor ihr saß kein anderer als Egl, der bekannte Sammler von Liedern, Legenden, Überlieferungen und Märchen, der zu Fuß durch die Lande zog. Graue Locken ringelten sich unter seinem Strohhut. Das graue Hemd, in eine blaue Hose gesteckt, und die hohen Stiefel verliehen ihm das Aussehen eines Jägers; der weiße Kragen, die Krawatte, der mit Silberbeschlägen verzierte Gürtel, der Spazierstock und die Tasche mit dem neuen Nickelschloß wiesen ihn als Städter aus. Sein Gesicht – falls man eine Nase, Lippen und Augen, die aus einem üppigen, buschigen Vollbart und einem verwegen aufgezwirbelten Schnurrbart schauten, Gesicht nennen kann – hätte kränklich blaß gewirkt, wären da nicht die Augen gewesen, grau wie Sand und blitzend wie reiner Stahl, mit kühnem und zupackendem Blick.

»Gib es mir jetzt zurück«, sagte das Mädchen schüchtern. »Du hast lange genug damit gespielt. Wie hast du es denn erwischt?«

Egl hob den Kopf und ließ die Jacht fallen – Assols erregtes Stimmchen hatte ihn überrascht. Ein Weilchen betrachtete der alte Mann sie, dann lächelte er und kraulte sich gemächlich mit der großen, sehnigen Hand den Bart. Ein verwaschenes Kattunkleid bedeckte die dünnen, sonnenverbrannten Beine des Mädchens knapp bis zum Knie. Ihr dichtes dunkles Haar war unter einem Spitzentüchlein hervorgerutscht und fiel ihr auf die Schultern. Jeder Zug an Assol war ausdrucksvoll, leicht und klar wie der Flug einer Schwalbe. Die dunklen Augen, überschattet von einer traurigen Frage, wirkten ein wenig älter als ihr Gesicht; sein unregelmäßiges weiches Oval war von jener liebreizenden Sonnenbräune überhaucht, die nur eine gesunde helle Haut annimmt. Den halboffenen kleinen Mund umspielte ein scheues Lächeln.

»Beim Haupte der Brüder Grimm, Äsops und Andersens«, sagte Egl, während er abwechselnd das Mädchen und die Jacht anblickte, »das ist ja was ganz Besonderes! Sag, du Pflänzchen, ist das deins?«

»Ja, ich bin ihm den ganzen Bach nachgelaufen, ich dachte schon, ich müsse sterben. War es hier?«

»Zu meinen Füßen. Ein Schiffbruch ist daran schuld, daß ich als Küstenpirat dir nun diese Elite überreichen kann. Die von ihrer Mannschaft verlassene Jacht wurde von einer zwei Handbreit hohen Welle an Land geworfen, zwischen meine linke Ferse und die Stockspitze.« Er stieß mit dem Stock auf. »Wie heißt du denn, Krümel?«

»Assol«, antwortete das Mädchen und verstaute das Spielzeugboot, das Egl ihr gegeben hatte, wieder im Korb.

»Schön«, fuhr der alte Mann in seiner unverständlichen Rede fort, ohne die Augen, in deren Tiefe als Ausdruck der Zuneigung gutmütiger Spott blitzte, von Assol abzuwenden, »eigentlich hätte ich dich gar nicht nach deinem Namen zu fragen brauchen. Schön, daß er so sonderbar ist, so eintönig, so musikalisch wie das Schwirren eines Pfeils oder das Rauschen einer Meeresmuschel; was hätte ich gemacht, wenn du mir irgendeinen der wohlklingenden, aber unerträglich gewöhnlichen Namen genannt hättest, die im Lichte des »Wunderbar Unbekannten« fremd erscheinen? Zumal ich gar nicht wissen will, wer du bist, wer deine Eltern sind und wie du lebst. Warum den Zauber zerstören? Ich saß auf dem Stein hier und widmete mich dem vergleichenden Studium von finnischen und japanischen Motiven, da spülte der Bach unversehens diese Jacht ans Ufer, und dann kamst du ... So, wie du vor mir stehst. Ich, mein Liebes, bin im Herzen ein Dichter, obwohl ich noch nie gedichtet habe. Was hast du da im Korb?«

»Ruderboote«, sagte Assol und rüttelte den Korb, »dann noch einen Dampfer und drei Häuschen mit Fahnen. Da wohnen Soldaten.«

»Wunderbar. Dich hat man losgeschickt, damit du sie verkaufst. Unterwegs wolltest du spielen. Du hast die Jacht ins Wasser gesetzt, und sie ist davongeschwommen. Stimmt's?«

»Hast du es denn gesehen?« fragte Assol und versuchte sich zu erinnern, ob sie selbst es erzählt hatte. »Hat es dir jemand gesagt? Oder hast du's erraten?«

»Ich habe es gewußt.«

»Wieso?«

»Weil ich ein ganz großer Zauberer bin.«

Assol geriet in Verwirrung, ja sie erschrak geradezu bei Egls Worten. Die einsame Küste, die Stille, der aufregende Vorfall mit der Jacht, die unverständliche Rede des alten Mannes mit den funkelnden Augen, sein mächtiger Bart, sein wallendes Lockenhaar erschienen dem Mädchen schon beinahe übernatürlich. Hätte Egl jetzt eine Grimasse gezogen oder losgeschrien, sie wäre laut weinend und halbtot vor Angst weggelaufen. Doch Egl hatte schon bemerkt, wie sich ihre Augen weiteten, und machte eine jähe Wendung.

»Du mußt vor mir keine Angst haben«, sagte er ernst. »Im Gegenteil, ich möchte mich mit dir unterhalten.«

Erst jetzt wurde ihm klar, was sich im Gesicht des Mädchens durch den Eindruck, den er auf sie gemacht hatte, so deutlich abzeichnete. Die unbewußte Erwartung des Schönen, eines glücklichen Schicksals, dachte er. Ach, warum wurde ich nicht zum Schriftsteller geboren? Was ergäbe das für einen prächtigen Stoff!

»Nun denn«, fuhr Egl fort, bemüht, die eigenartige Gelegenheit zu nutzen – seine ständig genährte Neigung, Mythen zu entwerfen, war stärker als seine Scheu, den Samen eines großen Traums auf unbekannten Boden zu streuen -, »nun denn, Assol, hör mir aufmerksam zu. Ich war in dem Dorf, aus dem du wahrscheinlich kommst, in Kaperna. Ich liebe Märchen und Lieder und habe einen ganzen Tag dort verbracht in der Hoffnung, etwas zu hören, was noch niemand vernommen hat. Doch bei euch werden keine Märchen erzählt. Bei euch singt man keine Lieder. Und wenn, dann handeln sie, wie du natürlich weißt, von gerissenen Bauern und Soldaten, verherrlichen sie die Gaunerei; die kurzen Vierzeiler, die man singt, sind schmutzig wie ungewaschene Füße, derb wie Bauchkollern, entsetzlich anzuhören ... Halt, ich bin vom Thema abgekommen. Ich fang wieder von vorn an.«

Nach kurzem Überlegen fuhr er fort: »Ich weiß nicht, wie viele Jahre vergehen werden, aber in Kaperna wird ein Märchen wahr, das in der Erinnerung der Menschen noch lange weiterlebt. Du wirst dann groß sein, Assol. Eines Morgens werden auf dem Meereshorizont Purpursegel in der Sonne aufblitzen. Ein weißes Schiff unter riesigen leuchtenden Purpursegeln wird die Wellen durchschneiden und geradewegs auf dich zukommen. Ganz leise wird das wunderschöne Schiff fahren, kein Geschrei und kein Schuß wird ertönen, am Ufer wird viel Volk zusammenströmen, wird es sprachlos bestaunen; auch du wirst dort stehen. Majestätisch, unter den Klängen einer herrlichen Musik, wird das Schiff vor Anker gehen. Ein mit Teppichen ausgelegtes, goldbeschlagenes und blumengeschmücktes schnelles Boot wird vom Schiff ans Ufer kommen. ›Was führt euch her? Wen sucht ihr?‹ werden die Leute am Ufer fragen. Dann wirst du einen tapferen schönen Prinzen erblicken, stehend wird er dir beide Hände entgegenstrecken. ›Sei gegrüßt, Assol‹, wird er sagen. ›Weit, weit von hier habe ich dich im Traum gesehen, und nun bin ich gekommen, um dich für immer in mein Reich zu holen. Du wirst dort mit mir in einem rosenbewachsenen tiefen Tal wohnen. Du wirst haben, was dein Herz begehrt; und wir beide werden so einträchtig und fröhlich leben, daß du keine Tränen und keinen Kummer erfahren wirst.‹ Er wird dich in sein Boot setzen und aufs Schiff bringen, und du wirst für immer in das funkelnde Band fahren, wo die Sonne aufgeht und wo die Sterne vom Himmel herabsteigen werden, dich zu begrüßen.«

»Das alles ist mir bestimmt?« fragte das Mädchen leise.

Ihre ernsten Augen wurden heller, erstrahlten vor Vertrauen. Ein böser Zauberer hätte natürlich so nicht gesprochen. Sie trat näher.

»Vielleicht ist es schon gekommen ... das Schiff?«

»So schnell kommt es nicht«, wandte Egl ein, »zuerst mußt du heranwachsen, wie ich schon sagte. Dann ... aber was braucht es viel Worte? So wird es sein, bestimmt! Was würdest du dann tun?«

»Ich?« Sie schaute in den Korb, aber offenbar fand sich da nichts, was sich als würdige Auszeichnung geeignet hätte. »Ich würde ihn lieben«, sagte sie rasch, setzte dann aber etwas unsicher hinzu: »Wenn er sich nicht prügelt.«

»Er wird sich nicht prügeln«, sagte der Zauberer und blinzelte ihr geheimnisvoll zu, »das macht er nicht, dafür verbürge ich mich. Geh nun, Mädchen, und vergiß nicht, was ich dir zwischen zwei Schluck aromatischem Wodka und meinen Gedanken über die Sträflingslieder gesagt habe. Geh! Und Friede deinem Wuschelköpfchen!«

Longren arbeitete in seinem kleinen Gemüsegarten, häufelte die Kartoffeln an. Er hob den Kopf und sah Assol freudig, voller Mitteilungsbedürfnis auf sich zukommen.

»Hör nur, was ich dir gleich erzählen will«, sagte sie, noch ganz außer Atem und klammerte sich mit beiden Händen an die Schürze des Vaters, »am Ufer dort, weit von hier, sitzt ein Zauberer ...«

Sie begann vom Zauberer und seiner interessanten Voraussage zu erzählen. Ihre Gedanken überstürzten sich, sie war nicht in der Lage, fließend zu berichten, was vorgefallen war. Sie beschrieb den Zauberer, und dann erst schilderte sie die Verfolgungsjagd nach der davongeschwommenen Jacht.

Longren hörte das Mädchen an, ohne sie zu unterbrechen und ohne zu lächeln; und als sie mit dem Bericht fertig war, hatte er eine deutliche Vorstellung von einem ihm unbekannten alten Mann, der in der einen Hand ein Glas aromatischen Wodka und in der anderen das Spielzeug hielt. Er wandte sich ab, erinnerte sich jedoch, daß man großen Augenblicken eines Kinderlebens ernst und überrascht begegnen sollte, nickte also feierlich und sagte: »Soso, wie es aussieht, war das wirklich ein Zauberer. Den hätte ich mir auch gern angesehen. Aber wenn du wieder mal weggehst, bleib immer schön auf dem Weg, im Wald kann man sich leicht verlaufen.«

Er warf den Spaten hin, setzte sich an den niedrigen Flechtzaun und nahm das Mädchen auf die Knie. Obwohl sie todmüde war, versuchte sie ihm noch ein paar Einzelheiten zu erzählen, doch die Hitze, die Aufregung und die

Anstrengung hatten sie schläfrig gemacht. Die Augen fielen ihr zu, der Kopf sank auf die starke Schulter des Vaters – fast war sie schon im Land der Träume; doch plötzlich befiel sie ein Zweifel, sie setzte sich mit geschlossenen Augen auf, stemmte die kleinen Fäuste gegen Longrens Weste und sagte laut: »Was meinst du – wird das Zauberschiff mich holen oder nicht?«

»Bestimmt kommt es«, antwortete der Matrose ruhig. »Da es dir so gesagt wurde, wird es auch so sein.«

Wenn du erst größer bist, wirst du es vergessen, dachte er, einstweilen aber ... will ich dir dieses Spielzeug nicht nehmen. Oft genug wirst du noch nicht purpurrote, sondern schmutzige und räuberische Segel sehen; von weitem wirken sie schmuck und weiß, von nahem jedoch sind sie zerrissen und dreist. Ein Mann, dem mein Mädchen zufällig begegnet ist, hat sich einen Spaß erlaubt. Na und? Ein schöner Spaß ist das! Und was für einer! Wie erschöpft du doch bist! Kein Wunder nach einem halben Tag im Waldesdickicht. Über die Purpursegel aber denk wie ich: Du bekommst schon noch Purpursegel.

Assol schlief. Mit der freien Hand zog Longren seine Pfeife heraus, steckte sie an, und der Wind trieb den Rauch in einen Strauch hinterm Gemüsegarten. Dort saß mit dem Rücken zum Zaun ein junger Bettler und aß ein Stück Kuchen. Die Unterhaltung von Vater und Tochter hatte ihn froh gestimmt, und der Duft guten Tabaks machte ihn begehrlich.

»Gib einem armen Mann was zu rauchen, Herr«, sagte er durch das Zaungeflecht. »mein Tabak ist, verglichen mit deinem, regelrecht Gift.«

»Ich würde dir ja welchen geben«, sagte Longren halblaut, »aber der Tabak steckt dort, in der anderen Tasche. Ich möchte meine Tochter nicht wecken.«

»Was macht das schon! Wenn sie wach wird, schläft sie auch wieder ein, aber der Wanderbursche bekommt was zu rauchen.«

»Nun«, wandte Longren ein, »du hast doch Tabak, das Kind aber ist müde. Komm später wieder, wenn du magst.«

Der Bettler spuckte verächtlich aus, steckte sein Bündel auf den Stock und höhnte: »Eine Prinzessin ist sie, natürlich. Was du ihr auch für fremdländische Schiffe in den Kopf gesetzt hast. Ein komischer Kauz bist du, stolzer Hausherr!«

»Hör mal«, flüsterte Longren, »ich werde sie wohl doch wecken, aber nur, um dir tüchtig ein paar ins Genick zu geben. Verschwinde!«

Eine halbe Stunde darauf saß der Bettler in der Kneipe an einem Tisch mit einem guten Dutzend Fischer. Hinter ihnen saßen ihre hochgewachsenen Frauen mit dichten Brauen und mit Händen, rund wie Pflastersteine, sie zupften die Männer ab und zu am Ärmel oder nahmen ihnen über die Schulter das Glas mit Wodka einfach so weg, für sich natürlich.

Tief beleidigt berichtete der Bettler: »... Und dann hat er mir keinen Tabak gegeben. ›Wenn du volljährig bist‹, sagt er, ›wird ein rotes Schiff kommen ... Eigens, um dich zu holen. Denn dir ist bestimmt, einen Prinzen zu heiraten. Dem Zauberer mußt du glauben.‹ Ich aber sage: ›Weck sie doch auf, weck sie und gib mir Tabak.‹ Hinterher ist er mir den halben Weg nachgelaufen.«

»Wer? Was? Wovon redet er?« ertönten die neugierigen Stimmen der Frauen.

Die Fischer erläuterten ihnen spöttisch, fast ohne ihnen die Köpfe zuzuwenden: »Longren und seine Tochter sind völlig übergeschnappt, vielleicht hat auch wirklich ihr Verstand gelitten, meint der Mann hier. Ein Zauberer soll bei ihnen gewesen sein, so behaupten sie wohl. Und nun warten sie – paßt auf, Ihr Tanten, daß euch das Schauspiel nicht entgeht! – auf einen überseeischen Prinzen, in einem Schiff mit roten Segeln soll er auch noch kommen!«

Drei Tage später, als Assol vom Laden in der Stadt zurückkehrte, hörte sie zum erstenmal: »He, Galgenvogel! Assol! Schau dahin! Ein Schiff mit roten Segeln!«

Das Mädchen zuckte zusammen und blickte unwillkürlich, mit der Hand die Augen abschirmend, aufs Meer. Dann wandte sie sich den Rufenden zu. Zwanzig Schritt von ihr entfernt stand eine Schar Kinder, sie schnitten Grimassen und streckten ihr die Zunge heraus. Aufseufzend lief das Mädchen nach Hause.

2
G r e y

Wenn Cäsar fand, es sei besser, der Erste in einem Dorf zu sein als der Zweite in Rom – Arthur Grey brauchte ihn um die Erfüllung eines so weisen Wunsches nicht zu beneiden. Er war zum Kapitän geboren, wollte einer werden und wurde es auch.

Das riesige Haus, in dem Grey das Licht der Welt erblickt hatte, war innen finster, von außen aber wirkte es majestätisch. Die Vorderfront sah auf einen großen Blumengarten, an den sich ein Park schloß. Beete mit den schönsten Tulpensorten – silberblau, violett und schwarz mit rosa Schimmer – zogen sich wie kapriziös hingeworfene Halsbänder durch den Rasen. Die alten Bäume des Parks standen verschlafen im matten Dämmerlicht überm Riedgras zu beiden Seiten eines sich schlängelnden Bachs. Die Einfriedung des Schlosses – und es war wirklich ein Schloß – bestand aus gewundenen gußeisernen Pfählen, die durch eiserne Schmuckelemente verbunden waren. Jeden Pfahl krönte eine üppige gußeiserne Lilie, und in den mit Öl gefüllten Lilienkelchen wurden an Festtagen Feuer entzündet, die eine lange Lichterkette bildeten.

Vater und Mutter von Grey waren hochnäsige Sklaven ihres Standes, ihres Reichtums und der Gesetze der Gesellschaft, der sie angehörten. Der Teil ihres Herzens, den die Ahnengalerie ausfüllte, lohnt kaum der Beschreibung; der andere Teil, die Fortsetzung der Galerie, wie sie sich diese vorstellten, begann mit dem kleinen Grey, der nach einem vorab festgelegten Plan dazu bestimmt war, so zu leben und zu sterben, daß sein Bild, ohne der Familienehre zu schaden, an die Wand gehängt werden konnte. Doch dieser Plan hatte einen kleinen Fehler: Arthur Grey war mit einer lebendigen Seele geboren worden, die keineswegs geneigt war, der Familientradition zu folgen.

Diese Lebendigkeit, dieses »Aus-der-Art-Schlagen« des Knaben zeigte sich erstmals in seinem achten Lebensjahr. Als er eines Tages einen Stuhl an die Wand rückte, um an ein Bild heranzukommen, das die Kreuzigung darstellte und er die Nägel aus Christi blutenden Wunden zog, das heißt, sie einfach mit blauer Farbe überpinselte, die er bei einem Maler stibitzt hatte, da kündigte sich in ihm schon der Typ eines Ritters von wunderlichen Vorstellungen, eines Forschers und Wundertäters an, also der Typ eines Menschen, der aus der unendlichen Vielfalt möglicher Lebensrollen die gefährlichste und rührendste auserwählt hat, die Rolle eines höheren Willens. Das Bild jedenfalls fand er so erträglicher. Im Eifer seiner eigenartigen Beschäftigung begann er sogar schon, auch die Füße des Gekreuzigten zu überstreichen, als ihn der Vater erwischte. Der alte Mann faßte den Jungen an den Ohren, zog ihn vom Stuhl herunter und fragte: »Warum hast du das Bild verdorben?«

»Ich habe es nicht verdorben.«

»Das ist die Arbeit eines berühmten Malers.«

»Mir doch gleich«, sagte Grey. »Ich kann's nicht mit ansehen, daß jemandes Hände festgenagelt sind und Blut fließt. Ich will das nicht.«

In der Antwort des Sohnes erkannte Grey sich selbst wieder; er schmunzelte vor sich hin und verzichtete auf Bestrafung.

Der kleine Grey erforschte unermüdlich das Schloß und machte dabei verblüffende Entdeckungen. So fand er auf dem Boden verstaubte Ritterrüstungen, in Leder gebundene Bücher mit Eisenbeschlägen, halb vermoderte Kleidung und ganze Schwärme von Tauben. Im Weinkeller gewann er interessante Aufschlüsse über Lafite, Madeira und Jerez. Hier standen im Dämmerlicht der Spitzbogenfenster, die von den schrägen Dreiecken der Steingewölbe begrenzt wurden, kleine und große Fässer; das größte, das wie eine flache Scheibe aussah, nahm fast die ganze Breite des Kellers ein, sein hundertjähriges Eichenholz glänzte wie poliert. Zwischen kleinen Fässern standen bauchige Flaschen aus grünem und blauem Glas in Korbgeflecht. Auf den Steinen und auf dem Erdboden wuchsen dünnstielige graue Pilze, alles war von Schimmel und Moos überzogen, war feucht, es herrschte ein saurer, stickiger Geruch. Eine riesige Spinnwebe funkelte golden in einer fernen Ecke, wenn gegen Abend die Sonne ihren letzten Strahl aussandte. An einer Stelle waren zwei Fässer vom besten Alisante noch aus Cromwells Zeiten vergraben, und sooft der Kellermeister Grey die freie Ecke zeigte – nie versäumte er, die Geschichte von einem berühmten Grab zu erzählen, in dem ein Toter lag, lebendiger als ein ganzes Rudel Foxterrier. Ehe er zu erzählen begann, untersuchte er stets erst den Hahn des großen Fasses und trat danach sichtlich erleichtert zurück, jedenfalls glitzerten in seinen aufleuchtenden Augen unwillkürlich Tränen einer überwältigenden Freude.

»Nun denn«, sagte Poldischok zu Grey, während er sich auf eine leere Kiste setzte und eine Prise Schnupftabak in die spitze Nase stopfte, »siehst du diese Stelle? Da liegt ein solcher Wein, daß mancher Trinker sich die Zunge herausschneiden lassen würde, wenn man ihm gestattete, auch nur ein Gläschen davon zu trinken. In jedem Faß sind hundert Liter eines Stoffs, von dem die Seele in die Luft geht und der Leib sich in reglosen Teig verwandelt. Seine Farbe ist ein tiefes Kirschrot, und er fließt nicht aus der Flasche, er ist dickflüssig wie gute Sahne. Er lagert in Fässern aus Ebenholz, fest wie Eisen und mit doppelten Bändern aus reinem Kupfer. Auf den Reifen steht in lateinischer Schrift: ›Mich wird Grey trinken, wenn er im Paradies ist.‹ Diese Inschrift wurde gar vielfältig und weit ausgelegt; dein Urgroßvater, der hochgeborene Simon Grey, ließ sich zum Beispiel ein Landhaus bauen und nannte es ›Paradies‹. Durch diesen unschuldigen Witz gedachte er, den rätselhaften Spruch Wirklichkeit werden zu lassen. Aber was meinst du? Kaum hatte man begonnen, die Faßbänder abzuschlagen, da starb er an Herzschlag – so aufgeregt war der alte Genießer. Seither rührt niemand dieses Faß an. Es hat sich die Überzeugung herausgebildet, der wertvolle Wein bringe Unglück. Und wirklich, ein derartiges Rätsel hat nicht einmal die ägyptische Sphinx aufgegeben. Die hatte zwar einen Weisen gefragt: ›Werde ich dich fressen, so, wie ich alle fresse? Sprich die Wahrheit, und du bleibst am Leben.‹ Aber auch das erst nach reiflichem Überlegen.«

»Mir scheint, der Hahn tropft wieder«, unterbrach sich Poldischok selbst und ging mit unsicheren Schritten in die Ecke, schloß den Hahn fest und kam mit verklärter, freudiger Miene wieder zurück. »Ja, wenn er's recht bedacht und sich vor allem nicht übereilt hätte, so hätte der Weise der Sphinx antworten können: ›Komm lieber, trinken wir einen, dann vergißt du den Unsinn!‹ ›Mich wird Grey trinken, wenn er im Paradies ist.‹ – Wie soll man das verstehen? So, daß er trinken wird, wenn er tot ist? Sonderbar. Dann wäre er doch ein Heiliger, der weder Wein noch gewöhnlichen Wodka trinkt. Angenommen, ›Paradies‹ bedeute Glück. Aber dies hätte sofort zur Folge, daß jedes Glück die Hälfte seines glänzenden Gefieders verliert, sobald ein Glücklicher sich ehrlich fragt, ob das schon das Paradies sei? Das ist es ja eben. Um sich leichten Herzens aus so einem Faß einen Rausch anzutrinken und zu lachen, mein Junge, von Herzen zu lachen, muß man mit einem Bein auf der Erde stehen und mit dem andern im Himmel. Noch eine dritte Deutung gibt es: Grey betrinkt sich einmal so, daß er sich selig im Paradies wähnt und dreist eins der beiden Fäßchen leert. Aber das wäre nicht die Erfüllung der Voraussage, mein Junge, sondern ein gewöhnliches Besäufnis.«

Noch einmal überzeugte sich Poldischok, daß der Hahn des großen Fasses fest geschlossen war, dann beendete er gesammelt und düster seinen Bericht: »Diese Fässer hat im Jahre siebzehnhundertdreiundneunzig dein Vorfahr John Grey auf einem Schiff, der ›Beagle‹, aus Lissabon mitgebracht. Für den Wein hatte er zweitausend Goldpiaster gezahlt. Die Inschrift auf den Faßbändern stammt von dem Waffenmeister Benjamin Ellian aus Pondicherry. Die Fässer sind sechs Fuß tief in den Boden eingelassen und mit der Asche von Weinreben bestreut. Von diesem Wein hat niemand getrunken, niemand hat ihn gekostet, und es wird ihn auch niemand kosten.«

»Ich werde ihn trinken«, sagte Grey eines Tages und stampfte mit dem Fuß auf.

»Du bist aber ein mutiger junger Mann!« rief Poldischok. »Wirst du ihn im Paradies trinken?«

»Natürlich. Hier ist das Paradies! Ich habe es, siehst du?« Grey lachte leise und öffnete seine kleine Hand. Auf die zarte, aber ausgeprägte Handfläche fiel das Sonnenlicht, und der Junge ballte die Finger zur Faust. »Hier ist es, hier! Mal ist es da, dann wieder nicht!«

Bei diesen Worten öffnete und schloß er einige Mal die Hand, dann lief er, zufrieden mit seinem Scherz, noch vor Poldischok die finstere Treppe hinauf – in den Flur des Erdgeschosses.

Die Küche zu betreten war Grey streng verboten; doch seit der Junge diese merkwürdige, im Feuer ihrer Energiezentren flammende Welt von Dampf und Ruß, von zischenden und brodelnden Gerichten, vom Geklapper der Messer und von angenehmen Düften doch einmal entdeckt hatte, suchte er den riesigen Raum immer wieder auf. In strengem Schweigen bewegten sich die Köche gleich Priestern; ihre weißen Mützen vor dem Hintergrund der rußgeschwärzten Wände verliehen ihrer Arbeit das Gepräge einer feierlichen Handlung; lustige dicke Frauen wuschen an wassergefüllten Zubern Geschirr ab, ließen Porzellan und Silber klirren;

gebeugt unter ihrer schweren Last, trugen Jungen Körbe mit Fischen, Austern, Krebsen und Früchten herein. Auf einem langen Tisch lagen da regenbogenfarbene Fasane, graue Enten und bunte Hühner, dort ein geschlachtetes Schwein mit Ringelschwanz, die Augen wie ein Säugling zusammengekniffen, noch woanders Rüben, Kohl, Nüsse, Rosinen und sonnengereifte Pfirsiche.

In der Küche war Grey ein wenig ängstlich zumute: Ihm schien, als walteten hier dunkle Kräfte, von denen das Leben im ganzen Schloß bestimmt würde; die Rufe klangen wie Kommandos und Beschwörungen; die Bewegungen der hier Arbeitenden waren dank langjähriger Übung so sparsam und zweckmäßig, so präzise, daß sie geradezu hingebungsvoll wirkten. Grey war noch zu klein, um in den größten Topf zu gucken, in dem es wie im Vesuv brodelte, doch vor ihm empfand er besondere Hochachtung; mit Zittern und Zagen sah er zu, wie zwei Dienstmädchen ihn umsetzten; Schaum spritzte dabei heraus, von der zischenden Herdplatte stieg Dampf auf und erfüllte die ganze Küche mit seinen Schwaden.

Einmal schwappte so viel Flüssigkeit über, daß sich ein Mädchen die Hand verbrühte. Die Haut rötete sich augenblicklich, sogar die Nägel wurden rot vom Blutandrang, und Betsy – so hieß das Dienstmädchen – brach in Weinen aus, während sie sich die verbrühte Stelle mit Öl einrieb. Unaufhaltsam kullerten Tränen über ihr erschrockenes rundes Gesicht.

Grey erstarrte. Während sich die anderen Frauen um Betsy kümmerten, beschäftigte ihn dieser fremde Schmerz, den er selbst nicht spüren konnte.

»Tut es sehr weh?« fragte er.

»Versuch es mal, dann weißt du es«, entgegnete Betsy und steckte die Hand unter die Schürze.

Mit finsterer Miene kletterte der Junge auf einen Schemel, schöpfte mit einer Kelle heiße Brühe – in dem Topf kochte Suppe mit Hammelfleisch – und spritzte sie auf sein Handgelenk. Ihn durchfuhr ein solcher Schmerz, daß seine

Knie schwach wurden, und er taumelte. Um diese Erfahrung bereichert, trat er, die brennende Hand in der Hosentasche, kreideweiß auf Betsy zu.

»Ich glaube, es tut dir *sehr* weh«, sagte er, ohne ein Wort über seinen Versuch zu verlieren. »Komm mit zum Arzt, Betsy. Komm schon!«

Auffordernd zupfte er sie am Rock. Die Freunde von Hausmitteln gaben dem Mädchen zwar um die Wette gute Ratschläge, doch Betsy litt starke Schmerzen und ging mit Grey. Der Arzt legte ihr einen Verband an und linderte so ihre Qual. Erst als sie gegangen war, zeigte der Junge dem Arzt seine Hand.

Dieser unbedeutende Vorfall machte die zwanzigjährige Betsy und den zehnjährigen Grey zu guten Freunden. Sie stopfte ihm Gebäck und Äpfel in die Taschen, und er erzählte ihr Märchen und Geschichten, die er aus seinen Büchern kannte.

Eines Tages erfuhr er, daß Betsy den Stallknecht Jim nicht heiraten konnte, weil ihnen das Geld fehlte, einen eigenen Hausstand zu gründen. Da zerschlug er mit der Ofenzange seine Porzellansparbüchse und schüttelte alles Geld heraus – etwa hundert Pfund. Am nächsten Morgen stand er ganz früh auf, schlich, als die mitgiftlose Braut in die Küche gegangen war, in ihr Zimmer, steckte das Geschenk in ihre Truhe und legte einen Zettel darauf mit den Worten: »Betsy, das ist für dich. Räuberhauptmann Robin Hood.« Der Tumult, den diese Geschichte in der Küche verursachte, erreichte solche Ausmaße, daß Grey den Streich eingestehen mußte. Doch das Geld nahm er nicht zurück, und er wollte nicht mehr darüber reden.

Seine Mutter war eines der Geschöpfe, die das Leben ein für allemal in eine fertige Form gießt. Sie lebte in der Traumwelt eines Wohlstands, der einem mittelmäßigen Geist jeden Wunsch erfüllbar machte, daher hatte sie keine andere Beschäftigung, als sich mit Schneiderinnen, dem Arzt und dem Haushofmeister zu beraten. Die leidenschaftliche, fast andächtige Liebe zu ihrem sonderbaren Kind war vermutlich das einzige Ventil für ihre Neigungen, die – durch ihre Erziehung und ihr Schicksal völlig betäubt – sich nur noch schemenhaft regten und keine Handlungen auslösten. Die vornehme Dame erinnerte an eine Pfauenhenne, die ein Schwanenei ausgebrütet hat. Schmerzlich spürte sie die schöne Andersartigkeit ihres Sohnes. Trauer, Liebe und Beklommenheit erfüllten sie, wenn sie den Jungen an die Brust drückte; ihr Herz sprach anders als die Zunge, die gewöhnlich nur sagte, was die Konvention vorgab. Das war so, als projiziere die Sonne ein von ihren Strahlen in den Wolken ausgelöstes sonderbares Lichtspiel auf die symmetrische Einrichtung in einem Amtsgebäude und nehme ihr die banale Würde. Das Auge sieht den Raum und erkennt ihn nicht, inmitten seiner Dürftigkeit schafft eine geheimnisvolle Komposition aus Licht und Schatten eine großartige Harmonie. Die vornehme Dame, deren Gesicht und Gestalt auf die feurigen Stimmen des Lebens scheinbar nur mit eisigem Schweigen antworten konnten, deren zarte Schönheit eher abstieß als anzog, da sich dahinter offenkundig Hochmut ohne jeglichen weiblichen Charme verbarg, diese Lilian Grey wurde, wenn sie mit ihrem Sohn allein war, zu einer schlichten Mutter, die liebevoll und zärtlich all jene von Herzen kommenden Nichtigkeiten sagte, die auf Papier nicht wiederzugeben sind, weil ihnen erst das Gefühl einen Inhalt verleiht. Sie konnte dem Sohn einfach nichts abschlagen. Alles verzieh sie ihm: seine Aufenthalte in der Küche, den Widerwillen gegen den Unterricht, Ungehorsam und alle möglichen Wunderlichkeiten.

Wenn er nicht wollte, daß die Bäume beschnitten wurden, dann wurden sie nicht angerührt; wenn er darum bat, jemand zu verzeihen oder jemand zu belohnen, dann wußte der Betreffende schon im voraus, daß es geschehen würde; er durfte jedes Pferd reiten und jeden Hund ins Schloß mitnehmen; er durfte in der Bibliothek herumstöbern, barfuß laufen und essen, was ihm schmeckte.

Sein Vater kämpfte eine Weile dagegen an, doch schließlich gab er nach – nicht aus Einsicht, sondern seiner Frau zuliebe. Er begnügte sich damit, alle Kinder von Bediensteten aus dem Schloß zu entfernen, damit aus den Schrullen des Jungen sich nicht in niederer Gesellschaft Haltungen entwickelten, die schwer wieder auszumerzen wären. Im übrigen aber war er von zahllosen Familienprozessen in Anspruch genommen, deren Ursprung bis in die Entstehungszeit der Papierfabriken zurückreichte und die erst mit dem Tod aller Prozeßparteien enden sollten. Außerdem hielten ihn Staatsgeschäfte, Gutsangelegenheiten, das Diktieren seiner Memoiren, festliche Jagdzüge, die Zeitungslektüre und ein komplizierter Briefwechsel davon ab, ein echtes Familienleben zu führen. Den Sohn sah er so selten, daß er bisweilen vergaß, wie alt er war.

So lebte Grey in seiner Welt. Er spielte allein, gewöhnlich in den hinteren Höfen des Schlosses, die vor vielen Jahren strategische Bedeutung gehabt hatten. Diese großen Ödräume, in denen es noch Reste tiefer Gräben und bemooste Steinkeller gab, waren von Steppengras, Brennesseln, Schwarzdorn und schlichtbunten Feldblumen überwuchert. Grey hielt sich hier oft stundenlang auf, um Maulwurfshügel zu untersuchen, mit Steppengras zu kämpfen, Schmetterlinge zu fangen und aus Bruchziegeln Festungen zu bauen, die er dann mit Knütteln und Pflastersteinen bombardierte.

Er stand schon im zwölften Lebensjahr, als alle seine seelischen Regungen, alle seine noch unausgeprägten Charakterzüge und verborgenen Bestrebungen sich aus einem starken Impuls heraus plötzlich vereinigten und, indem sie so gemeinsam zum Ausdruck kamen, in einen unbezähmbaren Wunsch mündeten. Bis dahin hatte er gleichsam nur einzelne Elemente seines Gartens – Licht und Schatten, eine Blume, einen uralten, kraftstrotzenden Stamm – in zahlreichen Gärten anderer Art gefunden, mit einemmal aber sah er sie ganz deutlich vor sich und begriff, daß alles auf wunderbare und erstaunliche Weise zusammengehörte.

Dazu gekommen war es in der Bibliothek. Ihre hohe Tür mit der Milchglasfüllung im Oberteil war für gewöhnlich verschlossen, doch der Riegel griff nicht zuverlässig ins Loch des Schließblechs, schon nach einem leichten Druck ging die Tür auf. Als Grey aus Forschertrieb in die Bibliothek eingedrungen war, verblüffte ihn das staubige Licht, dessen Leuchtkraft und Besonderheit vom farbigen Muster der oberen Fensterscheiben herrührte. Die Stille der Verlassenheit stand hier unbewegt wie Teichwasser. Von den dunklen Reihen der Bücherschränke reichten manche bis an die Fenster und verstellten sie zur Hälfte; In den Gängen türmten sich Bücherhaufen. Hier lag, aufgeschlagen, ein Album mit herausgerutschten Seiten, dort standen von einer Goldschnur zusammengehaltene Papierrollen; es gab finster aussehende Bücherstapel und hohe Packen von Manuskripten; Miniaturbücher, die übereinandergehäuft waren, knisterten wie Rinde, wenn man sie aufschlug; woanders waren Zeichnungen und Tabellen zu sehen, ganze Reihen neuer Ausgaben, Karten; eindrucksvoll war die Vielfalt der Einbände: derb, zart, schwarz, bunt, blau, grau, dünn, rauh und glatt. Die Schränke waren mit Büchern vollgestopft. Sie wirkten wie Wände, die Leben in seiner ganzen Fülle bargen. In manchen Glasscheiben spiegelten sich andere Schränke als farblos glänzende Flecken. Ein riesiger Globus, umschlossen vom sphärischen Kupferkreuz des Äquators und des Meridians, stand auf einem runden Tisch.

Als sich Grey dem Ausgang zuwandte, sah er über der Tür ein Gemälde, das die stickige Reglosigkeit der Bibliothek sogleich belebte. Es stellte ein Schiff dar, das eine Meereswoge auf ihren Kamm hob. Gischt strömte über das schräge Deck. Das Bild erfaßte den Augenblick, da das Schiff soeben seinen höchsten Punkt erreichte. Es fuhr geradewegs auf den Betrachter zu. Der hochgerissene Bugspriet verdeckte den Untermast. Der vom Schiffskiel zerteilte Wogenkamm erinnerte an die Schwingen eines riesigen Vogels. Schaum flog durch die Luft. Die hinterm Backbord

und überm Bugspriet nur undeutlich erkennbaren Segel
neigten sich unter der ungestümen Heftigkeit des Sturmes
in voller Größe nach hinten, um sich, sowie die Woge über-
wunden sein würde, wieder aufzurichten und dann, über
den Abgrund kippend, das Schiff neuen Sturzfluten
entgegenzutreiben. Wolkenfetzen trieben tief überm Ozean. Trübes Licht kämpfte hoffnungslos mit dem heraufzie-
henden Dunkel der Nacht. Doch das bemerkenswerteste an
diesem Gemälde war die Gestalt eines Mannes, der mit dem
Rücken zum Betrachter auf der Back stand. In ihm spiegelte
sich die ganze Situation, sogar das Besondere des Augen-
blicks. Die Haltung des Mannes – er stand mit gespreizten
Beinen da und hatte die Arme erhoben – verriet zwar nicht,
womit er beschäftigt war, ließ aber erkennen, mit welch
gespannter Aufmerksamkeit er etwas an Deck verfolgte, was
dem Betrachter verborgen blieb. Seine Rockschöße flatter-
ten im Wind, der weiße Zopf und der schwarze Degen streb-
ten weg in die Lüfte, die kostbare Kleidung wies ihn als
Kapitän aus, die tanzähnliche Körperhaltung zeugte vom
Schwung der Welle, er trug keinen Hut, war offenbar von
einem Gefahrenmoment völlig in Anspruch genommen und
schrie etwas – aber was? Sah er, wie ein Mann über Bord
ging, befahl er vielleicht, den Kurs zu ändern, oder rief er,
bemüht, den Sturm zu übertönen, den Bootsmann? Nicht
ausgeprägt, aber unterschwellig gingen Gedanken durch
Greys Kopf, während er das Gemälde betrachtete. Plötzlich kam es ihm so vor, als trete von links ein Unbekannter,
Unsichtbarer an ihn heran und stelle sich neben ihn; er
brauchte aber nur den Kopf zu drehen und die wunderliche
Empfindung wäre spurlos verschwunden, das wußte er.
Doch er ließ seiner Phantasie freien Lauf. Eine lautlose Stimme rief einige Satzfetzen, unverständlich wie die malaiische
Sprache, ein Lärm erhob sich wie von einem ausgedehnten
Bergrutsch, sein Widerhall und ein grimmiger Wind erfüllten die Bibliothek. All das vernahm Grey in seinem Inne-
ren. Er blickte sich um. Jähe Stille zerriß das Lautgewebe

seiner Phantasie, die Verbindung mit dem Sturm war verschwunden.

Einige Male noch kam Grey, um dieses Gemälde zu betrachten. Es wurde für ihn zu jenem notwendigen Wort im inneren Zwiegespräch mit dem Leben, ohne das man sich selbst schwer versteht.

Allmählich erfaßte die Vorstellungswelt des kleinen Jungen das gewaltige Meer. Es wurde ihm vertraut, während er in der Bibliothek stöberte, nach Büchern suchte, hinter deren goldener Tür sich der blaue Glanz des Ozeans auftat, und sie las. Dort fuhren Schiffe, Schaum hinter sich herziehend. Manche verloren Segel, schluckten Wasser und sanken ins Dunkel von Abgründen, wo die phosphoreszierenden Augen der Fische sie umkreisten. Andere schlugen, von Brechern erfaßt, gegen Riffe, wurden von ihren Besatzungen aufgegeben, aber auch der abebbende Wellengang rüttelte verheerend an den Schiffsrümpfen und dem zerrissenen Takelwerk; solch ein Schiff erlebte einen langen Todeskampf, bis ein neuer Sturm es völlig auseinanderbrach. Natürlich gab es auch Schiffe, die in einem Hafen ohne weiteres beladen und in einem anderen entladen wurden und deren Mannschaft, wenn sie dann in einer Schenke saß, von der Seefahrt schwärmte und in schöner Eintracht Wodka trank. Dann gab es noch Piratenschiffe mit schwarzer Flagge und einer furchtbaren, messerschwingenden Mannschaft, Geisterschiffe, von denen ein bläulich schimmerndes totes Licht ausging, Kriegsschiffe mit Soldaten, Kanonen und Musik, Expeditionsschiffe, die der Erforschung von Vulkanen, Pflanzen und Tieren dienten, Schiffe, denen ein düsteres Geheimnis anhaftete oder auf denen Aufstände ausbrachen, Entdeckerschiffe und Abenteurerschiffe.

Die beherrschende Gestalt in dieser Welt war natürlich der Kapitän. Er war das Schicksal, die Seele und der Kopf des Schiffes. Sein Charakter prägte die Freizeitbeschäftigung und die Arbeit der Besatzung. Die wurde von ihm selbst ausgewählt und entsprach daher in vielem seinen Neigungen. Er kannte die Gewohnheiten und die Familienverhältnisse eines jeden. In den Augen seiner Untergebenen besaß er ein magisches Wissen, kraft dessen er beispielsweise sicher von Lissabon nach Shanghai fuhr, durch unübersehbare Weiten. Er überwand einen Sturm durch ein System komplizierter Sicherheitsmaßnahmen, besiegte Panik durch knappe Befehle, ließ Fahrt machen und anlegen, wo er wollte, er entschied über Auslaufen und Beladen, über Landgang und Überholung – eine größere und vernunftabhängigere Macht bei einer lebendigen Arbeit voll ständiger Bewegung ist schwer vorstellbar. In ihrer Abgeschlossenheit und Unbeschränktheit glich diese Macht der Macht des Orpheus.

Diese Vorstellung von einem Kapitän, dieses Traumbild und dieses wirklichkeitsgerechte Abbild seiner Stellung nahmen dank ihrer Erlebnisintensität in Greys funkelnder Vorstellungswelt zu Recht den größten Raum ein. Kein anderer Beruf hätte so glücklich alle Werte des Lebens vereinen können, ohne auch nur die kleinsten Details jedes einzelnen Glücksmoments zu verwischen. Die Gefahr, das Risiko, die Macht der Natur, der Reiz ferner Länder, die wunderbare Vorstellung des Unbekannten, die Erwartung einer Liebe, die von Wiedersehn und Trennung erblüht, der anregende Wechsel von Begegnungen, Personen, Ereignissen, die unendliche Vielfalt des Lebens, während hoch am Himmel bald das Kreuz des Südens, bald der Große Bär steht, und alle Kontinente im Blick, obwohl die Kajüte stets deine Heimat birgt, die gegenwärtig bleibt mit ihren Büchern, Bildern, Briefen und den von einer seidenweichen Locke umwundenen getrockneten Blumen im wildledernen Amulett auf der harten Brust.

In dem Herbst, als Arthur Grey im fünfzehnten Lebensjahr stand, stahl er sich aus dem Haus und durchschritt das goldene Tor zum Meer. Bald darauf verließ der Schoner »Anselm« den Hafen Dubelt in Richtung Marseille, und an Bord ein Schiffsjunge mit zarten Händen, der wie ein verkleidetes Mädchen aussah. Der Junge war Grey, Besitzer eines eleganten Reisesacks, feinster Lacklederstiefelchen und eines Vorrats an Batistwäsche mit eingewebter Krone.

Im Laufe eines Jahres, in dem die »Anselm« Frankreich, Amerika und Spanien anlief, hatte Grey einen Teil seiner Barschaft für Kuchen verbraucht – das war sein Tribut an die Vergangenheit -, den Rest aber verlor er, der Gegenwart und Zukunft zugewandt, beim Kartenspiel. Er wollte ein Teufelskerl von Seemann sein. Obwohl er sich daran fast verschluckte, trank er Wodka, und beim Baden sprang er mit stockendem Herzen aus fünf Meter Höhe kopfüber ins Wasser. Nach und nach büßte er alles ein bis auf das Wichtigste – seine sonderbare hochfliegende Seele; er verlor seine Zerbrechlichkeit, wurde starkknochig und muskulös, seine Blässe wich dunkler Sonnenbräune, die elegante Lässigkeit der Bewegungen vertauschte er mit einer unfehlbar zupakkenden Arbeitshand; und in seinen nachdenklichen Augen spiegelte sich ein Glanz wie bei einem ins Feuer blickenden Menschen. Seine Rede aber hatte ihre Unausgeglichenheit, ihre Mischung aus Hochmut und Verlegenheit verloren, war so knapp, so treffsicher geworden wie der Sturzflug einer Möwe, die nach dem bebenden Silber von Fischen ins Wasser hinabstößt.

Der Kapitän der »Anselm« war ein guter Mensch, aber ein rauher Seebär, der den Jungen aus einer gewissen Schadenfreude aufgenommen hatte. In Greys verwegenem Wunsch sah er nur eine überspannte Laune, und er frohlockte schon im voraus bei der Vorstellung, wie Grey ihm nach zwei Monaten mit niedergeschlagenen Augen sagen würde: »Kapitän Hop, ich habe mir beim Klettern im Takelwerk die Ellenbogen zerschrammt, mir schmerzen die Seiten und das Kreuz, die Finger lassen sich nicht mehr strekken, der Kopf will mir zerspringen, und meine Beine zittern. Alle diese nassen Leinen, die fast zentnerschwer an den Händen zerren, alle diese Strecktaue, Fanten, Ankerwinden, Trossen, Toppmasten und Salinge sind eine Qual für meinen zarten Körper. Ich will zurück zu meiner Mama!« Indem Kapitän Hop in Gedanken diese Erklärung anhörte, bereitete er, gleichfalls in Gedanken, folgende Antwort vor: »Gehen Sie, wohin Sie wollen, mein Gelbschnabel. Sollte an Ihren empfindlichen Flügelchen etwas Pech klebengeblieben sein, so können Sie es ja zu Hause mit dem Parfüm ›Rose-Mimose‹ wieder abwaschen.« Das selbsterfundene Parfüm machte Hop am meisten Spaß, und zum Abschluß der erdachten Abfuhr wiederholte er laut: »Ja, gehen Sie nur zu ›Rose-Mimose‹!«

Inzwischen kam dem Kapitän das eindrucksvolle Zwiegespräch immer seltener in den Sinn, denn Grey verfolgte sein Ziel mit zusammengebissenen Zähnen und fahlem Gesicht. Mit großer Willenskraft ertrug er die unruhige Arbeit, wobei er spürte, daß sie ihm allmählich immer leichter fiel, weil sich sein Körper dem harten Leben auf dem Schiff anpaßte, das Unvermögen aber wich der Gewöhnung. Es kam vor, daß die Ankerkette ihn umwarf und aufs Deck schleuderte, daß ihm eine vom Poller rutschende Trosse so aus der Hand gerissen wurde, daß die Haut in Fetzen ging, daß der Wind ihm die nasse Ecke eines Segels mit der darin eingenähten Metallöse, der Kausche, ins Gesicht schlug, kurz, die ganze Arbeit eine Folter war, die höchste Aufmerksamkeit erforderte; doch wie schwer er auch keuchte, wenn er mit Mühe den Rücken aufrichtete, ein verächtliches Lächeln wich nicht von seinem Gesicht. Schweigend ertrug er Spott und Hohn und unvermeidliche Beschimpfungen, bis er von der neuen Umgebung anerkannt war, doch von da an vergalt er unweigerlich jede Kränkung mit einem Fausthieb.

Als Kapitän Hop einmal zusah, wie gekonnt Grey ein Segel reffte, sagte er sich: Du hast gesiegt, du Strick. Als Grey aufs Deck herunterkam, rief Hop ihn in seine Kajüte, schlug ein zerlesenes Buch auf und sagte: »Hör mich aufmerksam an. Laß von nun an das Rauchen. Der Gelbschnabel wird zum Kapitän getrimmt.«

Und schon begann er, ihm aus dem Buch die uralten Worte

der See vorzulesen oder richtiger, sie herzusagen, herauszuschreien. Das war Greys erste Unterrichtsstunde. Innerhalb eines Jahres machte er sich mit der Theorie und Praxis der Navigation vertraut, mit dem Schiffsbau, dem Seerecht, der Steuermannskunst und der Buchhaltung. Kapitän Hop ging dazu über, ihm die Hand zu reichen und »wir« zu sagen.

In Vancouver erhielt Grey einen Brief seiner Mutter voller Angst und Tränen. Er antwortete ihr: »Ich weiß. Aber wenn du doch so sehen könntest wie ich! Schau mit meinen Augen ... Wenn du doch so hören könntest wie ich! Halte eine große Muschel ans Ohr, in ihr ist ewiges Wellenrauschen ... Wenn du doch alles lieben könntest, so wie ich! Dann hätte ich in Deinem Brief außer der Liebe und dem Menschen wenigstens ein Lächeln gefunden.« Und er blieb auf der »Anselm«, bis das Schiff mit einer Ladung in Dubelt eintraf; dort nutzte er den Aufenthalt, um – nun schon zwanzigjährig – das Schloß zu besuchen.

Nichts hatte sich da verändert, zeitlos im Gesamteindruck wie in Details war alles so wie vor fünf Jahren, nur das Laub der jungen Ulmen war dichter geworden, seine Ornamente vor der Fassade des Gebäudes hatten sich verschoben und ausgebreitet.

Die Diener, die freudig herbeigeeilt waren, stockten plötzlich und erstarrten schließlich in der gleichen Ehrerbietung, mit der sie auch schon gestern diesen Grey empfangen hätten. Sie sagten ihm, wo seine Mutter sei; er begab sich in jenes hohe Gemach, schloß leise die Tür, blieb stehen und betrachtete lautlos die ergraute Frau in dem schwarzen Kleid. Sie stand vor dem Kruzifix; ihr leidenschaftliches Flüstern hallte so laut wie heftiges Herzklopfen. »... den zur See Fahrenden, den Reisenden, Kranken, Leidenden und Gefangenen«, vernahm Grey mit stockendem Atem. Dann hörte er noch: »... und meinem Jungen.« Da sagte er: »Ich ...« Mehr brachte er nicht über die Lippen. Die Mutter drehte sich um. Sie war sehr schmal geworden. Auf ihrem hochmütigen, zarten Gesicht lag ein neuer Ausdruck, als wäre die

Jugend zu ihr zurückgekehrt. Sie stürzte dem Sohn entgegen. Ein kurzes, tiefes Lachen, ein leiser Freudenschrei und Tränen in den Augen – das war alles. Doch diesen einen Augenblick war sie aufgelebt, hatte sie das Leben stärker und besser empfunden als je zuvor. »Ich habe dich sofort erkannt, o du mein lieber Kleiner!« Grey verwandelte sich nun tatsächlich wieder in einen kleinen Jungen. Er erfuhr vom Tod des Vaters, dann erzählte er von sich. Sie lauschte aufmerksam, ohne Vorwürfe oder Einwände; doch im Grunde sah sie in allem, was für ihn das wahre Leben bedeutete, ein Spielzeug, mit dem sich ihr Junge vergnügte. Sein Spielzeug waren die Kontinente, die Ozeane und die Schiffe.

Grey blieb sieben Tage im Schloß, am achten Tag nahm er eine große Summe Geldes, kehrte nach Dubelt zurück und sagte zu Kapitän Hop: »Vielen Dank. Sie waren ein guter Kamerad. Nun leb wohl, mein älterer Kamerad.« Er besiegelte diese Worte mit einem Händedruck, so fest wie ein Schraubstock. »Von nun an fahre ich selbständig, auf einem eigenen Schiff.« Hop brauste auf, spuckte aus, riß seine Hand los und ging weg, aber Grey holte ihn ein und legte ihm den Arm um die Schulter. Dann gingen sie alle zusammen, alle vierundzwanzig Mann der Besatzung, in ein Wirtshaus, da grölten und sangen sie, und sie tranken alles aus und aßen restlos auf, was Schanktisch und Küche boten.

Es dauerte nicht lange, und im Hafen von Dubelt ging der Abendstern über der schwarzen Linie eines neuen Mastes auf. Es war die »Secret«, eine Dreimastgaliote von zweihundertsechzig Tonnen, die Grey gekauft hatte. So fuhr Arthur Grey, nun als Kapitän und Schiffseigner, noch vier Jahre zur See, bis ihn das Schicksal nach Liss führte. Doch nie mehr vergaß er das kurze, tiefe, von der Musik des Herzens erfüllte Lachen, mit dem er zu Hause empfangen worden war. Etwa zweimal im Jahr besuchte er das Schloß, und stets hinterließ er der Frau mit dem Silberhaar die vage Hoffnung, ein so großer Junge wie er würde mit seinem Spielzeug wohl schon zurechtkommen.

Morgendämmerung

DER SCHAUMSTREIFEN, DEN GREYS SCHIFF »SECRET« AUF-
wirbelte, durchquerte den Ozean als ein weißer Strich, der
sich erst im Schein der abendlichen Lichter von Liss verlor.
Das Schiff ging auf der Reede unweit des Leuchtturms vor
Anker. Zehn Tage lang löschte die »Secret« ihre Fracht: Roh-
seide, Kaffee und Tee; den elften Tag verbrachte die Besatzung an Land, gab sich der Muße und dem Wein hin; am
zwölften Tag befiel Grey dumpfe Schwermut, völlig grund-
los, er wußte selbst nicht, warum.

Bereits frühmorgens, kaum erwacht, spürte er, daß der
Tag unter einem schlechten Vorzeichen stand. Schlecht ge-
launt zog er sich an, frühstückte lustlos, vergaß die Zeitung
zu lesen und rauchte lange, in der unfaßbaren Welt einer
wirren Anspannung versunken; durch regellos auftauchen-
de Wörter geisterten verborgene Wünsche, die sich – einer
so stark wie der andere – gegenseitig den Garaus machten.
Da ging er an die Arbeit.

In Begleitung des Bootsmanns besichtigte er das Schiff,
befahl die Wanten anzuziehen, die Ruderleitung zu lockern,
die Klüsen zu reinigen, den Klüver auszuwechseln, das Deck
zu kalfatern, den Kompaß zu putzen und den Laderaum zu
öffnen, zu lüften und zu fegen. Doch die Arbeit brachte ihm
keine Entspannung. Er wurde der wehmütigen Stimmung
nicht Herr und blieb den ganzen Tag über gereizt und traurig, als habe ihn jemand gerufen und er könne sich nicht
erinnern, wer und wohin.

Am Abend setzte er sich in seine Kajüte, nahm ein Buch
zur Hand und stritt lange mit dem Verfasser, indem er wi-
dersinnige Bemerkungen an den Rand schrieb. Eine Weile
fand er Spaß an diesem Spiel, diesem Wortgefecht mit einem
Toten, der noch aus dem Grab Macht ausübte. Dann griff er
wieder zur Pfeife und versank in blauem Dunst, lebte inmit-

ten der gespenstischen Arabesken, die aus den wogenden Rauchschleiern entstanden.

Tabak besitzt eine gewaltige Kraft; wie Öl, auf haushohe Wogen gegossen, deren Wut lindert, so ist es auch beim Tabak: Er besänftigt gereizte Gefühle, dämpft Mißtöne, bis sich wieder harmonische, melodische Klänge durchsetzen. Daher wandelte sich auch Greys Wehmut, die nach drei Pfeifen endlich ihre Heftigkeit eingebüßt hatte, zu nachdenklicher Zerstreutheit. Diese Verfassung hielt etwa eine Stunde an; schließlich war der Nebel von seiner Seele gewichen, er kam zur Besinnung, verspürte Lust, sich zu bewegen, und ging an Deck. Es war tiefe Nacht. Außenbords, im schlafenden schwarzen Wasser, wiegten sich Sterne und Topplichter. Die Luft, wangenwarm, roch nach Meer. Grey hob den Kopf und blinzelte zum goldenen Glutpunkt eines Sterns hinauf; über die immense Entfernung hinweg traf ihn im selben Moment die feurige Nadel eines fernen Planeten ins Auge. Dumpfer Lärm der abendlichen Stadt drang aus der tiefen Bucht an sein Ohr; mit dem Wind kam von der Küste hin und wieder ein Satz über das hellhörige Wasser geflogen; als wäre er an Deck gesprochen, klang er klar und deutlich, wurde dann aber vom Knarren des Takelwerks übertönt; auf der Back flammte ein Streichholz auf und beleuchtete Finger, runde Augen und einen Schnurrbart. Grey stieß einen Pfiff aus, der Lichtschein der glimmenden Pfeife geriet in Bewegung, kam auf ihn zu, und schon erkannte er im Dunkel die Hände und das Gesicht des Wachhabenden.

»Bestell Letika, daß er mit mir fährt. Er soll die Angeln mitnehmen«, sagte Grey.

Er stieg ins Boot, wo er zehn Minuten auf Letika wartete. Der behende, spitzbübische Bursche polterte an Bord laut mit den Riemen, reichte sie dann dem Kapitän, stieg selbst ins Boot, richtete die Dollen und verstaute den Proviantbeutel im Heck. Grey übernahm das Ruder.

»Wohin befehlen Sie zu fahren, Kapitän?« fragte Letika und drehte das Boot mit dem rechten Riemen.

Der Kapitän schwieg. Der Matrose wußte, daß er dieses Schweigen nicht unterbrechen durfte, daher verstummte er und ruderte um so kräftiger.

Grey steuerte aufs offene Meer hinaus, dann hielt er nach links, die Küste entlang. Ihm war gleichgültig, wohin sie fuhren. Das Ruder knarrte dumpf, die Riemen rasselten und plätscherten, alles andere war Meer und Stille.

Im Laufe eines Tages stürmen auf einen Menschen so viele Gedanken, Eindrücke, Reden und Worte ein, daß es mehrere dicke Bücher ergeben könnte. Das Gesicht eines jeden Tages gewinnt seinen besonderen Ausdruck, aber heute forschte Grey vergebens in diesem Gesicht. Aus seinen unscharfen Zügen schimmerte eines jener Gefühle, deren es viele gibt, die aber namenlos sind. Wie man sie auch zu nennen versucht, kein Wort, kein Begriff wird ihnen gerecht; es ist, als ob man einen Duft einatmete. Im Bann eines solchen Gefühls befand sich jetzt Grey. Natürlich hätte er sich sagen können: Ich warte ab, ich sehe, bald werde ich erkennen … aber selbst diese Worte wären nicht mehr gewesen als einzelne Skizzen im Verhältnis zu einer baukünstlerischen Idee. Aus diesen Empfindungen sprach noch die Kraft einer freudigen Erregung.

Links von ihnen ragte als welliges dunkles Massiv die Küste. Rote Fensterscheiben unterm Funkenregen aus rauchenden Schornsteinen – das war Kaperna. Grey vernahm Gezänk und Hundegebell. Die Lichter des Dorfes erinnerten an eine Ofentür mit Brandlöchern, durch die man die lodernde Kohlenglut sieht. Rechts dehnte sich der Ozean, so gegenwärtig wie ein schlafender Mensch. Als sie an Kaperna vorbei waren, hielt Grey auf die Küste zu. Hier war die Brandung sanft; er zündete eine Laterne an, sah die Klüfte und Vorsprünge des Steilufers; die Stelle gefiel ihm.

»Hier wollen wir Fische fangen«, sagte er zum Ruderer und klopfte ihm auf die Schulter. Der Matrose grunzte nur.

»Das erste Mal bin ich mit so einem Kapitän unterwegs«,

brummte er dann. »Gescheit ist er ja, aber sonderbar. Voller
Widerhaken. Ich habe ihn übrigens gern.«

Er rammte einen Riemen in den Schlick und vertaute daran
das Boot. Dann kletterten beide über die unter Knien und
Ellbogen ausbrechenden Steine nach oben. Hinterm Steilhang lag dichter Wald. Letika griff zur Axt, fällte einen ab-
gestorbenen Stamm und entfachte am Hang ein Feuer. Schatten bewegten sich, der Widerschein der Flamme schwankte
im Wasser, das verdrängte Dunkel gab Gras und Zweige
frei, überm Lagerfeuer zitterte, von Rauch durchzogen, glit-
zernd die Luft.

Grey setzte sich ans Feuer.

»Nun denn«, sagte er und hielt seinem Gefährten eine
Flasche hin. »Trink, Freund Letika, trink aufs Wohl aller
Nichttrinker. Du hast übrigens nicht China-, sondern
Ingwerschnaps eingepackt.«

»Verzeihung, Kapitän«, erwiderte der Matrose und holte
tief Luft. »Gestatten Sie, daß ich einen Happen dazu esse.«
Er biß gleich die Hälfte eines Brathähnchens ab, holte den
Flügel wieder aus dem Mund und fuhr fort: »Ich weiß, Sie
lieben Chinaschnaps. Aber es war dunkel, und ich mußte
mich beeilen. Ingwerschnaps macht einen scharf, verstehen
Sie? Wenn ich mich prügeln muß, trinke ich vorher immer
Ingwerschnaps.«

Während der Kapitän aß und trank, sah Letika ihn von
der Seite her an; schließlich hielt er es nicht aus und fragte:
»Stimmt es, was man sich erzählt, Kapitän? Daß Sie aus einer angesehenen Familie stammen?«

»Das spielt keine Rolle, Letika. Nimm die Angel und fang
Fische, wenn du magst.«

»Und Sie?«

»Ich? Weiß nicht. Vielleicht auch. Aber ... erst später.«

Letika wickelte die Angelschnur ab und murmelte dazu
eine Beschwörungsformel. Darin war er ein Meister, und
die Besatzung hatte immer wieder ihre helle Freude
daran.

»Was ich brauch, ist eine Rute
und dazu 'ne lange Schnur,
Dran ein Haken; frohen Mutes
Pfeif ich: Fische, wartet nur!«

Dann stocherte er mit dem Finger in der Schachtel mit den Würmern.

»In der Erde rumgestöbert
Hat der Wurm, des Lebens froh,
jetzt wird er am Haken sterben,
Denn der Wels verschlingt ihn so.«

Schließlich ging er weg und sang:

»Still die Nacht, der Wodka – prima;
Zittre, Barsch, erbleiche, Stör!
Letika, vom Berg gestiegen,
Kommt vergnügt zum Angeln her!«

Grey legte sich ans Feuer, den Blick auf das vom Widerschein der Flammen gerötete Wasser gerichtet. Willenlos überließ er sich seinen Gedanken; in so einer Verfassung nimmt man die Umgebung nur zerstreut wahr, sieht sie kaum; der Gedanke eilt dahin wie ein Roß durch eine dichte Menge: gewaltsam drängend, sich den Weg bahnend, keine anderen Regelungen zulassend; Leere, Schrecken, Stillstand begleiten ihn abwechselnd. Der Gedanke streunt durch die Seele der Dinge; von heller Erregung eilt er zu heimlichen Andeutungen, er kreist auf Erden und im Himmel, hält leibhaftige Zwiesprache mit Phantasiegestalten, löscht Erinnerungen und schmückt sie aus. In diesem Gewoge ist alles lebendig und plastisch, ist alles zusammenhanglos wie ein Fieberwahn. Und oft lächelt das ruhende Bewußtsein, so etwa, wenn es sieht, wie in die Grübelei über das Schicksal unversehens ein völlig unpassendes Bild einbricht: Zum Beispiel eine Gerte, die man vor zwei

Jahren geschnitten hat. So sinnierte Grey am Lagerfeuer, doch mit seinen Gedanken war er ganz woanders, nicht hier.

Der Ellenbogen, den er aufstützte, während sein Kopf in der Hand lag, war feucht geworden und abgestorben. Bleich flimmerten die Sterne. Das Dunkel verdichtete sich infolge der Spannung, die der Morgendämmerung vorausging. Der Kapitän schlummerte ein, ohne es zu merken. Er verspürte Durst, tastete nach dem Proviantsack und öffnete ihn schon im Traum. Dann hörte er auf zu träumen; die nächsten zwei Stunden erschienen ihm nicht länger als die paar Sekunden, in denen ihm der Kopf auf die Arme gesunken war. Inzwischen kam Letika zweimal ans Feuer, rauchte und schaute aus Neugier den gefangenen Fischen ins Maul: Was mochte dort sein? Aber da war natürlich nichts.

Als Grey wach wurde, wußte er im ersten Augenblick nicht, wie er in diese Gegend geraten war. Verwundert betrachtete er den strahlenden Glanz des Morgens, den Rand der Steilküste, über den farbenfrohe Zweige hinausragten, und die flammende blaue Weite. Überm Horizont, aber zugleich über seinen Füßen hingen die Blätter eines Nußstrauchs. Unterm Steilhang – Grey hatte den Eindruck, als wäre es unmittelbar unser seinem Rücken – rauschte leise die Brandung. Von einem Blatt klatschte ein Tautropfen auf sein verschlafenes Gesicht. Er erhob sich. Überall triumphierte das Licht. Die erkaltenden Glutreste des Lagerfeuers klammerten sich mit einem dünnen Rauchfaden ans Leben. Sein Geruch steigerte das Vergnügen, frische Waldluft zu atmen, zu einem Hochgenuß.

Letika war nicht da, ihn hatte die Leidenschaft gepackt, und er angelte mit der Besessenheit eines Glücksspielers. Grey trat aus dem Dickicht ins locker über den Hang verstreute Gesträuch; er war in Schweiß geraten. Das Gras dampfte und leuchtete; taufeuchte Blumen blickten heraus wie Kinder, die gegen ihren Willen mit kaltem Wasser gewaschen worden waren. Die grüne Welt atmete mit zahllosen winzigen Mündern, ihr frohlockendes Gewirr versuchte Grey auf seinem Weg festzuhalten. Schließlich gelangte der Kapitän auf eine mit bunten Gräsern bewachsene Lichtung und erblickte ein schlafendes Mädchen.

Sacht bog er einen Ast beiseite und blieb mit dem Gefühl stehen, einen gefährlichen Fund gemacht zu haben. Höchstens fünf Schritt von ihm entfernt lag die müde gewordene Assol – zusammengerollt, den Kopf auf den bequem daruntergeschobenen Händen. Ihr Haar war zerzaust, am Hals war ein Knopf aufgegangen und gab ein weißes Grübchen frei, unter dem verrutschten Rock schauten die Knie hervor, die Wimpern waren schlafend auf die Wange gesenkt, überragt von einer zarten Schläfe, deren leichte Wölbung von einer dunklen Haarsträhne verdeckt wurde; der kleine Finger der rechten Hand, die unter ihrem Kopf lag, krümmte sich zum Nacken hin. Grey ging in die Hocke und sah dem Mädchen von unten ins Gesicht, ohne zu ahnen, daß er dabei einem Faun auf einem Bild von Arnold Böcklin glich.

Vielleicht hätte er das Mädchen unter anderen Umständen nur mit den Augen wahrgenommen, hier aber sah er sie anders. Alles in ihm fühlte sich angerührt, vage von einem Lächeln erhellt. Natürlich kannte er sie nicht, wußte nicht ihren Namen und schon gar nicht, warum sie am Strand eingeschlafen war; und er war sehr froh darüber. Er liebte Bilder ohne Erklärung und ohne Unterschrift. Der Eindruck von so einem Bild ist viel stärker, sein nicht an Worte gebundener Inhalt wird grenzenlos und bestätigt alle Vermutungen und Gedanken.

Der Schatten des Blattwerks hatte sich bereits an die Stämme herangeschoben, Grey aber verharrte noch immer in derselben unbequemen Stellung. Alles an dem Mädchen schlief: ihr dunkles Haar, das Kleid und die Falten ihres Kleides; sogar das Gras in der Nähe ihres Körpers schien eingeschlummert zu sein. Dem Anblick voll hingegeben, wurde Grey von dessen warmer Woge emporgehoben und davongetragen. Lange schon schrie Letika: »Kapitän, wo sind Sie?« – doch der Kapitän hörte ihn nicht.

Als er dann endlich aufstand, befiel ihn der Drang, etwas Ungewöhnliches zu tun, und das mit der Entschlossenheit und Hingabe einer erregten Frau. Nachdenklich überließ er sich ihm, zog einen kostbaren alten Ring vom Finger, und im Bewußtsein, daß er damit seinem Leben vielleicht eine Richtung gab, die so entscheidend sein könnte wie die Rechtschreibungsregeln, steckte er ihn dem Mädchen an den kleinen Finger, der weiß unter ihrem Nacken hervorsah. Der Finger zuckte unwillig und erschlaffte wieder. Grey warf noch einen Blick auf das ruhende Gesicht und drehte sich um. Da erblickte er im Gebüsch die hochgezogenen Brauen des Matrosen. Mit aufgerissenem Mund sah Letika zu, was Grey machte – so verwundert, wie höchstwahrscheinlich Jonas dreingeschaut hatte, als sich der Schlund seines möblierten Walfisches vor ihm auftat.

»Ach, du bist's, Letika!« sagte Grey. »Sieh sie dir an. Ist sie nicht schön?«

»Wie ein großartiges Gemälde!« flüsterte der Matrose, der gern angelesene Wendungen benutzte. »Die Umstände meinen es überhaupt gut mit uns. Ich habe vier Muränen geangelt und noch einen anderen Fisch, dick und rund wie eine Blase.«

»Leise, Letika. Komm weg von hier.«

Sie entfernten sich durchs Gesträuch. Nun hätten sie zum Boot abbiegen müssen, doch Grey zögerte und betrachtete die ferne Flachküste, wo sich aus den Schornsteinen von Kaperna über Baum und Sand der morgendliche Rauch breitete. In diesem Rauch erblickte er erneut das Mädchen.

Da machte er entschlossen kehrt und stieg den Hang hinab. Der Matrose folgte ihm, ohne zu fragen, was geschehen sei; er spürte, nun war wieder einmal Schweigen geboten. Als sie die ersten Häuser erreicht hatten, fragte Grey plötzlich: »Sagt dir dein erfahrener Blick, wo hier ein Wirtshaus ist, Letika?«

»Wahrscheinlich das schwarze Dach dort«, überlegte Letika, »aber vielleicht ist es auch keins.«

»Was fällt dir denn an dem Dach auf?«

»Ich weiß nicht, Kapitän. Das sagt mir einfach die Stimme meines Herzens.«

Sie gingen dahin; es war tatsächlich die Ladenschenke von Menners. Durchs offene Fenster sahen sie einen Tisch mit einer Flasche drauf, ebendort zupfte eine schmutzige Hand an einem angegrauten Schnurrbart.

Obwohl es noch früh war, hatten sich im Schankraum der kleinen Wirtschaft schon drei Männer niedergelassen. Am Fenster saß der Kohlenhändler, der Besitzer des saufseligen Schnurrbarts, den wir soeben entdeckt haben; zwischen dem Schanktisch und der Innentür des Schankraums saßen zwei Fischer bei Spiegeleiern und Bier. Menners, ein hochgeschossener junger Mann mit sommersprossigem, langweiligem Gesicht und jenem pfiffigen Ausdruck in den kurzsichtigen Augen, der allen Krämern eigen ist, trocknete hinterm Tresen Geschirr ab. Auf den schmutzigen Fußboden fiel im Sonnenlicht der Schatten des Fensterkreuzes.

Kaum war Grey in einen der rauchdurchzogenen Lichtstrahlen getreten, da kam Menners auch schon hinter seiner Deckung hervor und verbeugte sich ehrerbietig. Er hatte in Grey sofort einen richtigen Kapitän erkannt – einen aus jener Klasse von Gästen, die er selten zu sehen bekam. Grey bestellte Rum. Menners legte ein im Kneipenalltag vergilbtes Tischtuch auf und brachte eine Flasche herbei, deren Etikett er an einer abgelösten Stelle vorher mit der Zungenspitze befeuchtet hatte. Dann kehrte er an den Tresen zurück, von wo aus er Grey weiterhin im Auge behielt; dabei kratzte er von einem Teller etwas Angetrocknetes mit dem Fingernagel ab.

Während Letika bescheiden mit dem Glas flüsterte, das er in beiden Händen hielt, und zum Fenster hinaussah, befahl Grey Menners zu sich. Chin setzte sich unaufgefordert und selbstgefällig auf eine Stuhlkante; er fühlte sich geschmeichelt, und ganz besonders schmeichelte ihm, daß Grey ihn einfach mit dem Finger zu sich gewinkt hatte.

»Sie kennen natürlich alle, die hier wohnen«, begann Grey ruhig. »Mich interessiert der Name eines jungen Mädchens mit Kopftuch, in einem rosageblümten Kleid, dunkelblond und nicht sehr groß, siebzehn bis zwanzig Jahre alt. Ich bin ihr hier in der Nähe begegnet. Wie heißt sie?«

Er sagte es mit solch natürlicher, respektheischender Bestimmtheit, daß Chin Menners keinen anderen Ton anschlagen konnte. Innerlich sprudelte er über, er mußte sogar leise grienen, äußerlich aber ordnete er sich Greys Haltung unter. Übrigens schwieg er erst eine Weile, bevor er antwortete – einzig aus dem vergeblichen Bestreben, zu erraten, worum es eigentlich ging.

»Hm«, sagte er dann und hob die Augen zur Decke. »Das kann doch nur die ›Segler-Assol‹ sein. Die ist nicht ganz bei Trost.«

»Ach nein«, sagte Grey gleichgültig. »Wie ist es denn dazu gekommen?«

»Wenn Sie wollen, erzähle ich es Ihnen.«

Und Chin erzählte Grey, wie das Mädchen vor etwa sieben Jahren am Strand mit einem Liedersammler gesprochen hatte. Natürlich war die Geschichte, nachdem der Bettler sie in ebendiesem Wirtshaus bezeugt hatte, zu häßlichem, billigem Klatsch ausgeartet, doch der Kern war unberührt geblieben.

»Seither heißt sie so«, sagte Menners. »Seither nennt man sie die ›Segler-Assol‹.«

Unwillkürlich blickte Grey erst auf Letika, der immer noch still und bescheiden dasaß, dann auf die staubige Straße, die am Wirtshaus vorbeiführte, und ihm war, als verspüre er einen Schlag, der Herz und Kopf zugleich traf. Die Straße entlang, das Gesicht ihm zugewandt, kam jene Segler-Assol, die Menners soeben als einen klinischen Fall dargestellt hatte. Ihre bezaubernden Gesichtszüge, die an ein Geheimnis erregender, unvergeßlicher und dabei doch schlichter Worte erinnerten, erstrahlten jetzt auch noch im Leuchten ihres Blicks. Der Matrose und Menners saßen mit dem Rücken zum Fenster, doch damit sie sich nicht zufällig undrehten, brachte es Grey fertig, selbst nicht länger auf das Mädchen, sondern wieder in Chins rote Augen zu schauen. Nachdem er Assols Augen gesehen hatte, war Menners Bericht wie ein Dunstschleier verflogen. Chin aber fuhr nichtsahnend fort: »Und dann muß ich Ihnen noch sagen, daß ihr Vater ein ausgemachter Schuft ist. Er hat meinen Papa ertränkt wie eine Katze, der Herrgott verzeih's ihm. Er ...«

Da unterbrach ihn ein wildes Gebrüll, das hinter ihnen erscholl. Aus trunkener Starre erwacht und wild mit den Augen rollend, hatte der Kohlenhändler plötzlich losgegrölt – es sollte ein Lied sein, aber er plärrte so schrill, daß alle zusammenzuckten:

»Korbmacher, Korbmacher,
Schröpf uns nur verwegen ...«

»Hast dich wieder vollaufen lassen, verdammte Schaluppe!« schrie Menners. »Verschwinde!«

»... Doch komm in unser Morgenland,
Dann kannst du was erleben!« heulte der Kohlenhändler und tauchte den Schnurrbart, als wäre nichts gewesen, in das schwappende Glas.

Chin Menners zuckte empört mit den Schultern.

»Ein Miststück ist das und kein Mensch«, sagte er mit der eisigen Würde eines Knausers. »Jedesmal dieselbe Leier.«

»Mehr haben Sie nicht zu erzählen?« fragte Grey.

»Ich? Ich sagte Ihnen doch, ihr Vater ist ein Schuft. Durch ihn, Euer Gnaden, bin ich verwaist und mußte schon als Kind allein für meinen kärglichen Lebensunterhalt aufkommen.«

»Lüg doch nicht!« sagte überraschend der Kohlenhändler. »Du lügst so abscheulich und albern, daß es mich ernüchtert hat.«

Chin kam gar nicht dazu, den Mund aufzumachen, da wandte sich der Kohlenhändler bereits an Grey.

»Er lügt. Sein Vater hat schon gelogen und seine Mutter auch. So ist nun mal ihre Sippschaft. Sie können ganz beruhigt sein, das Mädchen ist genauso gesund wie wir beide. Ich habe mich oft mit ihr unterhalten. Sie hat schon vierundachtzigmal oder fast vierundachtzigmal auf meinem Wagen gesessen. Wenn sie zu Fuß aus der Stadt kommt und ich meine Kohlen verkauft habe, nehme ich sie immer mit. Soll sie nur mitfahren! Ihr Kopf ist in Ordnung. Das merkt man gleich. Mit dir, Chin Menners, redet sie natürlich keine zwei Worte. Ich aber, gnädiger Herr, mit meinem freien Kohlenhandel, verachte Geschwätz und Klatsch. Sie redet wie eine Erwachsene, nur was sie sagt, klingt wunderlich. Wenn man ihr zuhört, ist alles, als hätten wir es auch sagen können, und trotzdem ist es anders. Zum Beispiel unterhielten wir uns eines Tages über ihr Handwerk. ›Weißt du‹, meinte sie und hielt sich an meiner Schulter fest wie eine Fliege am Glockenturm, ›meine Arbeit ist nicht langweilig, aber ich möchte dauernd was Besonderes austüfteln. Ich möchte es schaffen, daß so ein Boot auf dem Brett wirklich schwimmt und die Ruderer richtig rudern, daß sie dann anlegen, das Boot vertauen und ganz so, als wären sie lebendig, sich zu einem Imbiß an den Strand setzen.‹ Ich mußte lachen, fand das komisch. Ich sagte: ›Nun ja, Assol, bei deiner Arbeit kommst du eben auf solche Gedanken, aber sieh dich doch um: Alle werden von ihrer Arbeit so in Anspruch genommen wie von einer Sauferei!‹ – ›Nein‹, sagte sie, ›ich weiß, was ich weiß. Ein Fischer denkt auch immer, er müsse doch endlich einen *großen* Fisch fangen, so einen, wie ihn noch niemand gefangen hat.‹ – ›Na, und ich?‹ – ›Und du?‹ sie lachte. ›Sooft du Kohlen in deinen Korb schüttest, denkst du bestimmt, er müsse Blüten treiben.‹ Solche Dinge sagte sie! In dem Augenblick ritt mich der Teufel, ich gesteh's, ich mußte einfach in den leeren Korb schauen, und mir war doch wirklich so, als trieben die Ruten Knospen; die Knospen sprangen auf, der Korb beblätterte sich und – wurde gleich darauf wieder kahl. Jetzt bin ich sogar ein bißchen nüchterner geworden! Chin Menners aber schwindelt, daß sich die Balken biegen; ich kenne ihn!«

Menners fand, daß die Unterhaltung in eine offenkundige Beleidigung ausartete, durchbohrte den Kohlenhändler mit dem Blick, verzog sich hinter den Tresen und fragte von dort säuerlich: »Möchten Sie noch was bestellen?«

»Nein«, sagte Grey und zog seine Geldbörse heraus, »wir gehen. Du, Letika, bleibst bis zum Abend noch hier, wirst aber den Mund halten. Mir sagst du dann alles, was du erfahren hast. Klar?«

»Mein bester Kapitän«, sagte Letika mit einer gewissen, vom Rum hervorgerufenen Vertraulichkeit, »das kann nur ein Tauber nicht verstehn.«

»Na schön. Und merk dir auch: Was immer passieren mag, von mir darfst du auf gar keinen Fall sprechen, nicht mal mein Name darf fallen. Leb wohl!«

Grey ging hinaus. Von jetzt an verließ ihn nicht mehr das Gefühl, erstaunliche Entdeckungen gemacht zu haben – er erlebte, dem Stoß gleich, der in Berthollets Pulvermörser einen Funken auslöste – einen jener seelischen Bergstürze, die funkelndes Feuer schlagen. Es trieb ihn, unverzüglich etwas zu unternehmen. Erst als er ins Boot stieg, kam er wieder zur Besinnung und sammelte seine Gedanken. Lachend hielt er die offene Hand in die heiße Sonne, wie er es einmal als Junge im Weinkeller getan hatte, dann stieß er ab und ruderte schnell in Richtung des Hafens.

4

Am Vorabend

AM VORABEND JENES TAGES – DAS WAR SIEBEN JAHRE NACHdem der Liedersammler Egl dem Mädchen am Meeresstrand das Märchen von dem Schiff mit den Purpursegeln erzählt hatte – kam Assol von ihrem wöchentlichen Besuch des Spielzeugladens niedergeschlagen nach Hause zurück. Ihre

Ware brachte sie wieder mit. Sie war so betrübt, daß sie zunächst gar nichts sagen konnte, und erst, als sie Longrens beunruhigtem Gesicht ansah, daß er viel Schlimmeres befürchtete, begann sie zu erzählen, wobei sie durchs Fenster aufs Meer hinaussah und mit dem Finger zerstreut über die Scheibe fuhr.

Der Inhaber des Spielzeugladens hatte diesmal sofort das Geschäftsbuch aufgeschlagen und ihr gezeigt, wieviel sie ihm schuldeten. Sie war zusammengefallen, als sie die beeindrukkende dreistellige Zahl erblickte. »Soviel habt ihr seit Dezember schon bekommen«, hatte der Händler gesagt, »und nun wollen wir uns mal ansehn, für wieviel ich verkauft habe.« Und er hatte mit dem Finger auf eine andere, nun erst zweistellige Zahl getippt.

»Ich mochte gar nicht hinsehen, so peinlich war es mir. Schon sein Gesicht spiegelte, wie böse und unerbittlich er war. Am liebsten wäre ich davongelaufen, aber, Ehrenwort, vor Scham konnte ich mich nicht von der Stelle rühren. Dann sagte er: ›Für mich, meine Liebe, ist das nicht mehr vorteilhaft. Jetzt ist ausländische Ware Mode, alle Läden quellen davon über, diese Dinge hier sind nicht gefragt.‹ Das sind seine Worte. Er hat noch viel mehr geredet, aber ich bringe es schon durcheinander oder habe es vergessen. Wahrscheinlich bekam er schließlich Mitleid mit mir, denn er riet mir, zum ›Kinderbasar‹ und in ›Aladins Wunderlampe‹ zu gehen.«

Als sie das Wesentliche erzählt hatte, wandte sie das Gesicht dem alten Mann zu und sah ihn schüchtern an. Longren saß niedergeschlagen da, die Ellenbogen auf die Knie gestützt und die Finger dazwischen verhakt. Er spürte ihren Blick, hob den Kopf und seufzte. Assol überwand ihre düstere Stimmung, lief zu ihm, setzte sich neben ihn und schob ihre kleine Hand unter den Ärmel seiner Lederjacke. Sie lachte auf, sah dem Vater von unten ins Gesicht und fuhr gespielt munter fort: »Das war aber noch gar nichts, hör bitte weiter zu. Ich gehe also los, komme in ein schrecklich großes Geschäft, das voll ist von Menschen. Ich werde herumgestoßen, dränge mich aber durch und wende mich an einen schwarzen Mann mit Brille. Was ich ihm gesagt habe, weiß ich nicht mehr, am Ende grinste er mich an, wühlte in meinem Korb, betrachtete einiges, wickelte alles wieder in das Tuch und legte es zurück.«

Zornentbrannt hörte Longren zu. Er stellte sich vor, wie seine eingeschüchterte kleine Tochter im Gedränge wohlhabender Kunden an dem mit wertvollen Waren überhäuften Ladentisch stand. Der vornehme Herr mit Brille hat ihr herablassend erklärt, daß er sich ruinieren würde, wollte er mit Longrens kunstlosen Erzeugnissen handeln. Und nun stellt er lässig, aber gewandt seine Artikel vor sie auf den Ladentisch: Baukastenmodelle von Häusern und Eisenbahnbrücken, winzige Autos mit allen Raffinessen, Elektrobausätze, Flugzeuge und Motoren. All das riecht nach Farbe und Schule. Nebenher erzählt er, daß die Kinder in ihren Spielen heutzutage nur noch die Tätigkeit von Erwachsenen nachahmen.

Assol war auch noch in »Aladins Wunderlampe« und in zwei anderen Läden gewesen, hatte aber nirgends etwas erreicht.

So beendete sie ihren Bericht, dann machte sie Abendbrot. Nachdem Longren gegessen und einen starken Kaffee getrunken hatte, sagte er: »Da wir kein Glück haben, müssen wir uns was anderes einfallen lassen. Vielleicht sollte ich wieder anheuern – auf der ›Fitzroy‹ oder der ›Palermo‹. Natürlich haben sie recht«, fuhr er versonnen fort – er dachte an die Spielsachen. »Heutzutage spielen die Kinder nicht, sie lernen. Lernen unentwegt, nur richtig zu leben lernen sie nie. So ist das nun mal, auch wenn es schade ist, jammerschade. Würdest du für die Dauer einer Seefahrt mal ohne mich fertig werden? Ich kann mir gar nicht vorstellen, daß ich dich allein lasse.«

»Ich könnte doch mitkommen und am Büfett arbeiten.«

»Nein!« Longren unterstrich seine Worte, indem er mit

der flachen Hand so auf den Tisch schlug, daß der erbebte. »Solange ich lebe, wirst du niemand bedienen. Außerdem bleibt uns noch Zeit zum Überlegen.«

Er verstummte trübsinnig. Assol hatte sich zu ihm auf die Schemelkante gesetzt und schmiegte sich an ihn; er sah von der Seite, ohne den Kopf zu drehen, daß sie ihn trösten wollte, und hätte fast geschmunzelt. Aber das hätte das Mädchen einschüchtern oder verwirren können. Während sie etwas vor sich hin murmelte, glättete sie ihm die zerzausten grauen Haare, küßte seinen Schnurrbart, steckte ihm die kleinen Finger in die behaarten Ohren und sagte: »Jetzt hörst du nicht, daß ich dich liebhabe.«

Solange sie mit ihm schmuste, saß Longren mit gerunzelten Brauen da wie jemand, der fürchtet, Rauch einatmen zu müssen, doch als er ihre Worte vernahm, lachte er schallend.

»Du Liebe«, sagte er einfach, tätschelte ihre Wange und ging an den Strand, um nach dem Boot zu sehen.

Eine Weile blieb Assol sinnend mitten im Zimmer stehen; sie wußte nicht recht, sollte sie sich stiller Trauer hingeben oder die notwendige Hausarbeit erledigen; dann aber wusch sie das Geschirr ab und überprüfte die restlichen Lebensmittelvorräte in Schrank. Sie wog nichts, und sie maß auch nichts, aber sie sah, daß das Mehl nicht bis zum Wochenende reichen würde, daß in der Zuckerdose schon der Boden durchschimmerte, daß die Tee- und Kaffeepackungen fast leer waren, daß keine Butter mehr da war und daß das einzige, worauf das Auge ruhen konnte, wenn auch mit einiger Wehmut wegen der Ausnahme, ein Sack mit Kartoffeln war. Dann wischte sie den Fußboden und setzte sich zurecht, um eine Rüsche für einen aus altem Zeug gearbeiteten Rock zu nähen; doch zugleich fiel ihr ein, daß die benötigten Stoffreste hinterm Spiegel lagen. Also erhob sie sich wieder und holte das Bündel; unwillkürlich blickte sie auf ihr Spiegelbild.

Hinter dem Nußbaumholzrahmen, in der hellen Leere des widergespiegelten Zimmers, stand ein schlankes, zierliches Mädchen in einem billigen weißen Musselinkleid mit rosa Blümchen. Um die Schultern hatte sie ein graues Seidentuch gelegt. Das halbkindliche, leicht sonnengebräunte Gesicht war lebhaft und ausdrucksvoll, die wunderschönen, für ihr Alter etwas zu ernsten Augen blickten scheu und aufmerksam, ließen auf tiefe Empfindungen schließen. Die unregelmäßigen Gesichtszüge des Mädchens waren rührend in ihrer Reinheit. Jedes Grübchen, jede Wölbung dieses Gesichts hätte man natürlich in vielen Frauenantlitzen wiederfinden können, doch alle zusammengenommen wirkten einmalig – auf eigene Weise lieb, das mag genügen. Alles andere ist mit Worten nicht wiederzugeben, es sei denn mit dem Wort »bezaubernd«.

Das Spiegelbild des Mädchens lächelte so ungezwungen wie Assol. Doch das Lächeln war traurig. Als Assol dies bemerkte, erschrak sie, als sähe sie eine Fremde. Sie preßte die Wange an das Glas, schloß die Augen und strich mit der Hand sacht über den Spiegel – da, wo er ihr Bild zurückwarf. Wirre, zärtliche Gedanken schwirrten ihr durch den Kopf, sie richtete sich auf, lachte, setzte sich und begann zu nähen.

Während sie näht, wollen wir sie uns näher ansehen – in ihr Inneres blicken. In ihr waren auf erstaunliche, unwahrscheinliche Weise zwei Mädchen, zwei Assols miteinander verschmolzen. Die eine war die Tochter eines Matrosen, eines kleinen Spielzeugmachers, die andere aber ein lebendiges Gedicht mit allen Wundern seiner Zusammenklänge und Bilder, mit einem Geheimnis von Licht- und Schattenspielen, die der Verknüpfung von Worten entspringen. Sie kannte das Leben innerhalb der Grenzen ihrer Erfahrung; aber jenseits der allgemeinen Erscheinungen sah sie den Sinn einer anderen Ordnung widergespiegelt. So nehmen wir bei der eingehenden Betrachtung von Gegenständen in ihnen etwas nicht nur Lineares, sondern dank unserem Eindruck ausgesprochen Menschliches und – wie alles Menschliche – Vielfältiges wahr. Etwas Ähnliches, wie es auch unser Vergleich besagt – falls er uns gelungen ist -, erblickte sie jenseits des Sichtbaren. Alles einfach Verständliche, das sie nicht durch solche stillen Eroberungen bereichert hätte, blieb ihrer Seele fremd. Sie konnte lesen und las gern, doch ähnlich wie im Leben las sie auch in einem Buch meistens zwischen den Zeilen. Unbewußt, kraft einer wundersamen Intuition, machte sie auf Schritt und Tritt feinsinnige Entdeckungen, unbeschreibbar, aber wichtig wie Sauberkeit und Wärme. Manchmal – und das dauerte dann jeweils ein paar Tage – war sie sogar wie verwandelt; das gewohnte Leben verschwand wie die Stille, wenn ein Geiger den Bogen ansetzt, und alles, was sie sah, womit sie lebte und was sie umgab, wurde zu einem Spitzengewebe von Geheimnissen in Gestalt des Alltäglichen. Mitunter ging sie nachts erregt und voller Scheu ans Meer, wartete auf die Morgendämmerung und hielt völlig im Ernst Ausschau nach dem Schiff mit Purpursegeln. In solchen Augenblicken war sie glücklich. Uns fällt es schwer, uns so in ein Märchen zu versetzen; ihr fiel es nicht minder schwer, sich seinem Bann und seinem Zauber zu entziehen.

Manchmal, wenn sie über all das nachdachte, wunderte sie sich selbst, wie sie glauben konnte, was eigentlich unglaubhaft war; jetzt verzieh sie mit einem Lächeln dem Meer und kehrte traurig in die Wirklichkeit zurück; während sie die Rüsche Stich um Stich weiternähte, sann sie über ihr Leben nach. Oft war es langweilig und simpel gewesen. Die Einsamkeit zu zweit bedrückte sie bisweilen maßlos, aber die innere Scheu und die Leidensbereitschaft waren in ihr schon so ausgeprägt, daß sie nicht mehr aus sich heraus konnte. Die Leute spotteten über sie und sagten: »Sie ist verdreht«, »nicht ganz bei Troste«; und auch an dieses Weh gewöhnte sie sich. Sogar Beleidigungen mußte sie hinnehmen, nach denen ihre Brust schmerzte wie von einem Schlag. Als Frau fand sie in Kaperna keinen großen Anklang, doch viele ahnten, wenn auch verschwommen und verworren, daß ihr mehr eigen war als den anderen – nur eben in einer anderen Sprache. Die Kapernaer bevorzugten dralle, massige Frauen mit fetthäutigen, strammen Waden und Armen; denen machten sie den Hof, denen klatschten sie mit der Hand aufs Hinterteil; um die drängten sie sich wie auf dem Basar. Diese Art, Gefühle zu zeigen, erinnerte an die urwüchsige Schlichtheit von Brunftschreien. Assol harmonierte mit dieser zupackenden Gesellschaft etwa so, wie feinnervige, in Geistesarbeit vertiefte Menschen mit einem Gespenst harmonieren würden, auch wenn es den Liebreiz einer Aspasia besäße – von Liebe konnte nicht die Rede sein. Oder wäre es vorstellbar, daß das zu Herzen gehende Schluchzen einer Geige das Schmettern der Trompeten übertönt und ein rauhes Regiment aus seiner militärischen Ordnung bringt? Alle derartigen Überlegungen waren dem Mädchen fremd.

Während ihr Kopf ein Lied vom Leben summte, arbeiteten die kleinen Hände fleißig und geschickt; sooft sie den Faden abbiß, blickte sie in die Ferne, doch das hinderte sie nicht, den Saum gleichmäßig einzuschlagen und die Schlingstichnaht so sauber wie mit der Maschine zu ziehen. Obwohl Longren noch nicht zurückkam, machte sie sich um den Vater keine Sorgen. In letzter Zeit ruderte er ziemlich oft nachts hinaus, um Fische zu fangen oder einfach, um frische Luft zu atmen.

Assol ängstigte sich nicht, sie wußte, ihm würde nichts Schlimmes zustoßen. In dieser Beziehung war sie immer noch das kleine Mädchen, das auf seine Weise betete, am Morgen freundlich »Guten Tag, lieber Gott!« plapperte und am Abend »Gute Nacht, lieber Gott!«

Eine so verknappte Beziehung zu Gott reichte ihrer Meinung nach völlig aus, damit er Unheil abwendete. Sie versetzte sich auch in seine Lage: Gott war ewig mit den Angelegenheiten von Millionen Menschen beschäftigt, daher mußte man wohl den täglichen Schattenseiten des Lebens mit der feinfühligen Nachsicht eines Gastes begegnen, der in ein volles Haus gekommen ist und sich, so gut es geht, mit einem Platz, Speisen und Getränken versorgt, ehe der Hausherr Zeit für ihn findet.

Als Assol mit dem Nähen fertig war, legte sie die Arbeit auf den Ecktisch, zog sich aus und ging zu Bett. Das Licht war gelöscht. Bald merkte sie, daß sie keinen Schlaf fand; sie war hellwach, als sei noch Tag, selbst die Dunkelheit erschien ihr künstlich; der Körper wie auch das Bewußtsein waren beschwingt, voller Betätigungsdrang. Ihr Herz schlug so schnell wie die Unruhe einer Taschenuhr, es schlug gleichsam zwischen Kopfkissen und Ohr. Assol wurde ärgerlich und wälzte sich herum; bald warf sie die Decke ab, dann wieder wickelte sie sich fest darin ein. Endlich gelang es ihr, sich das vorzustellen, was ihr beim Einschlafen sonst immer half: Als würfe sie Steine in ein helles Wasser und blickte auf die auseinanderlaufenden Kreise. Der Schlaf schien wirklich nur auf diese Zuwendung gewartet zu haben, er kam, flüsterte mit der Mutter, die am Kopfende des Bettes stand, wurde von ihrem Lächeln bezwungen und sagte, sich nach allen Seiten wendend: »Psst!« Nun schlief Assol ein. Sie träumte ihren Lieblingstraum von blühenden Bäumen, Sehnsucht, Verzauberung, Liedern und geheimnisvollen Erscheinungen, von denen ihr, wenn sie erwachte, immer nur das Glitzern von blauem Wasser im Gedächtnis blieb, das ihr von den Füßen bis zum Herzen hochstieg und Kälteschauer wie Entzücken auslöste. Nachdem sie all das im Traum erblickt hatte, verweilte sie noch ein wenig in dem unwirklichen Land, dann wurde sie ganz wach und setzte sich auf. Die Traumbilder waren verschwunden, als hätte sie überhaupt nicht geschlafen. Ein Gefühl von Neuentdeckung, von Freude, von Unternehmungslust erwärmte sie. Sie sah sich um, als besichtige sie einen neuen Raum. Der Morgen zog herauf, verbreitete jenes vage Dämmerlicht, in dem man die Umgebung gerade schon erkennt. Unten war das Fenster dunkel, oben wurde es bereits hell. Vor dem Haus, fast am Fensterrahmen, glitzerte der Morgenstern. Da Assol wußte, daß sie nun nicht mehr einschlafen würde, zog sie sich an, trat ans Fenster, hakte es auf und öffnete es. Draußen herrschte eine erwartungsvolle tiefe Stille, sie schien gerade erst eingetreten zu sein. Im blauen Dämmerlicht schimmerten Sträucher, dahinter schliefen die Bäume, es duftete nach Schwüle und Erde.

Das Mädchen hielt sich oben am Rahmen fest und sah lächelnd hinaus. Plötzlich meinte sie einen fernen Ruf zu vernehmen, der sie aufwühlte, innerlich und äußerlich, und sie erwachte gleichsam noch einmal, erwachte aus der unstreitigen Wirklichkeit zu etwas noch Unstreitigerem und Unbezweifelbarerem. Von dem Augenblick an ließ sie das jubilierende Glücksbewußtsein nicht mehr los. So hören wir bisweilen an, was Menschen sagen, und begreifen es, doch erst, wenn wir das Gesagte wiederholen, verstehen wir es voll, nun in einer anderen, neuen Bedeutung. Genauso erging es Assol.

Sie nahm das alte Seidentuch, das auf ihrem Kopf immer jugendlich wirkte, band es unterm Kinn lose zusammen, verschloß die Tür und sprang barfuß auf die Straße. Die lag leer und ausgestorben da, doch ihr kam es so vor, als klänge sie wie ein Orchester, als könne man sie hören. Alles war ihr lieb, alles freute sie. Warmer Staub kitzelte sie an den Fußsohlen, sie atmete leicht und froh. Gegen das Dämmerlicht des Himmels hoben sich dunkel Dächer und Wolken ab; es schlummerten die Flechtzäune, die Heckenrosen, die Gemüsebeete, die Obstgärten und – gleichsam hingehaucht – die Straße. Alles offenbarte eine andere Ordnung als tagsüber – scheinbar die gleiche, doch mit einer vorher nie gesehenen Harmonie. Alles schlief mit offenen Augen und betrachtete verstohlen das vorübergehende Mädchen.

Sie lief immer schneller, beeilte sich, die Siedlung zu verlassen. Hinter Kaperna erstreckten sich Wiesen, hinter den Wiesen, aus den seewärtigen Hängen der Hügel, wuchsen Haselnußsträucher, Pappeln und Kastanien. Wo die Straße endete und in einen wenig begangenen Pfad überging, rollte ein puschliger schwarzer Hund mit weißer Brust und beredten Augen Assol vor die Füße. Er hatte sie erkannt und lief nun winselnd und unter komischen Verrenkungen schweifwedelnd neben ihr her, als hätten sie eine stillschweigende Übereinkunft miteinander, so verständlich wie das »Ich« und »Du«. Assol blickte in seine zutraulichen Augen und war fest überzeugt, daß er sie ansprechen könnte, hätte er nicht geheimnisvolle Gründe zu schweigen. Als der Hund seine Weggefährtin lächeln sah, legte er die Stirn in drollige Falten, wedelte mit dem Schwanz und lief dann gleichmäßig vorweg, doch plötzlich setzte er sich teilnahmslos hin, kratzte sich sachlich mit der Pfote das Ohr, das ihm sein »Erbfeind« zerbissen hatte, und lief wieder zurück.

Assol geriet in hohes, taunasses Wiesengras, im Gehen streifte sie mit einer Handfläche über seine Rispen und genoß lächelnd die stromartige Berührung. Sie schaute in die unterschiedlichen Gesichter der Blüten, in das Gewirr der Halme und wurde fast an Menschen erinnert: an menschliche Haltungen, Regungen, Bewegungen, Merkmale und Blicke; jetzt hätte sie sich nicht einmal gewundert, einen Aufzug von Feldmäusen, einen Ball von Zieselmäusen oder den derben Spaß eines Igels zu erblicken, der mit seinem Fauchen einen schlafenden Gnom weckt. Und da kam doch tatsächlich ein Igel vor sie auf den Pfad gerollt. »F-fort!« sagte er schroff, als wenn ein Kutscher einen Fußgänger anschnauzt. Assol sprach mit allen, die sie sah und verstand. »Guten Tag, du Kranke«, sagte sie zu einer violetten Schwertlilie, die von einem Wurm zerfressen war. – »Du solltest zu Hause geblieben sein.« Das galt einem Strauch, der mitten auf dem Pfad stand und von Vorüberkommenden, die ihn streiften, zerfledert war. Ein großer Käfer klammerte sich an eine Glockenblume, daß sie sich hinabbog, er rutschte ab und arbeitete doch hartnäckig mit den Beinchen, »Wirf den dicken Fahrgast ab«, riet Assol. Der Käfer konnte sich wirklich nicht länger halten und platschte hinunter. So erreichte sie lebhaft mitfühlend, bebend und strahlend den Hügelhang, verschwand in seinem Gestrüpp, war aber nun von ihren wahren Freunden umgeben, die, wie sie wußte, mit Baßstimme sprachen.

Das waren große, zwischen Geißblatt und Haselnußsträuchern stehende alte Bäume. Ihre Zweige streiften die oberen Blätter der Sträucher. In dem ruhig herabhängenden großblättrigen Laub der Kastanien standen Blütenkerzen, Ihr Duft vermischte sich mit dem Geruch von Tau und Harz. Der vor lauter herausragenden glitschigen Wurzeln holprige Pfad führte den Hang hinunter und wieder hinauf. Assol fühlte sich wie zu Hause. Sie begrüßte die Bäume, als wären es Menschen, drückte ihnen die großen Blätter. Im Vorbeigehen sprach sie mit ihnen, mal flüsternd, mal wieder in Gedanken: »Du hier, und du, wie viele seid ihr, meine Brüder! Ich habe es eilig, meine Brüder, haltet mich nicht auf! Ich erkenne euch alle, denke immer an euch, achte euch alle.« Die »Brüder« streichelten sie majestätisch, so, wie sie konnten, mit ihrem Blattwerk, und knarrten freundschaftlich. Mit erdverkrusteten Füßen gelangte Assol ans Steilufer und trat, noch ganz außer Atem vom schnellen Lauf, an seinen Rand. Ein tiefer, unbezwingbarer Glaube frohlockte, schäumte und rauschte in ihr, wurde weit über den Horizont getragen und kehrte – stolz und rein – im leisen Rauschen der Brandung zurück.

Noch schlief das Meer, am Horizont von einem goldenen Faden gesäumt; nur unterm Steilhang, in Vertiefungen des Strandes, stieg und fiel das Wasser. Die Stahlfarbe an der Küste des schlafenden Ozeans ging in Blau und Schwarz über. Hinter dem goldenen Faden entfaltete der strahlende, auflodernde Himmel einen riesigen Lichtfächer, die weißen Wolken wurden von mattem Rot überhaucht. Zarte, göttliche Farben leuchteten darin. Über die dunkle Ferne legte sich bereits bebendes schneeiges Weiß, Schaum glänzte, und eine glutrote Explosion, die den goldenen Faden schließlich zerriß, warf über den Ozean purpurnes Gekräusel vor Assols Füße.

Assol setzte sich, zog die Beine an und schlang die Arme um die Knie. Aufmerksam zum Meer hin geneigt, betrachtete sie den Horizont mit Augen, die von einem Erwachsenen nichts mehr an sich hatten – mit den großen Augen eines Kindes. Alles, worauf sie so lange und sehnsüchtig gewartet hatte, geschah dort, am Rande der Welt. In einem fernen, abgrundtiefen Meeresreich sah sie einen Unterwasserhügel; von seiner Oberfläche strudelten Schlingpflanzen nach oben, inmitten ihrer runden, am Rand auf einen Stengel gereihten Blätter leuchteten wundersame Blüten. Die obersten Blätter glänzten auf dem Meeresspiegel; wer nicht wußte, was Assol wußte, sah dort nichts als ein Flimmern und Glitzern.

Aus den Wasserpflanzen hob sich ein Schiff, es tauchte auf und verhielt mitten im Morgenrot. Bei dieser Entfernung war es doch deutlich zu sehen, so wie die Wolken. Fröhlichkeit versprühend, erinnerte es an roten Wein, an eine Rose, an Blut, an einen roten Mund, an purpurnen Samt und an loderndes Feuer. Das Schiff kam geradenwegs auf Assol zu. Schaumschwingen bebten unter seinem gewaltigen Ansturm. Schon war das Mädchen aufgestanden und preßte die Hände an die Brust, da zerrann das wunderbare Spiel des Lichts; die Sonne war aufgegangen, und der strahlendhelle Morgen hatte den Schleier von allem gerissen, was sich auf der verschlafenen Erde noch aalte und rekelte.

Assol seufzte und sah sich um. Die Musik war verstummt, sie aber befand sich immer noch im Bann ihrer harmonischen Klänge. Dieser Eindruck ließ allmählich nach, wich der Erinnerung und schließlich einfach der Müdigkeit. Sie legte sich ins Gras, gähnte, schloß wohlig die Augen, und nun sank sie doch in Schlaf, einen Schlaf, so fest wie eine junge Nuß, sorglos und traumlos.

Eine Fliege, die auf ihrer nackten Fußsohle herumlief, weckte Assol. Sie zuckte unruhig mit dem Fuß und wurde wach. Im Sitzen steckte sie ihr zerzaustes Haar auf, dabei machte sich Greys Ring bemerkbar, sie dachte, ihr sei ein Halm zwischen die Finger geraten, und streckte sie aus, doch der Fremdkörper verschwand nicht. Da hielt sie die Hand ungeduldig vor die Augen, straffte sich und war im Nu auf-

gesprungen – kraftvoll wie ein emporschießender Spring-
brunnen.

An ihrem Finger funkelte Greys Ring – in diesem Augenblick schien der Finger nicht ihr zu gehören, sie spürte
ihn gar nicht.

»Was soll das? Wer hat sich diesen Scherz erlaubt?« rief sie
heftig. »Schlafe ich etwa? Vielleicht habe ich ihn gefunden
und vergessen?« Die rechte Hand, an der der Ring steckte,
mit der linken umfaßt, sah sie sich verwundert um, durch-
forschte mit den Augen das Meer und das Gebüsch, doch da
rührte sich nichts, niemand verbarg sich in den Sträuchern,
und auch auf dem weithin sonnenbeschienenen blauen Meer
war nichts zu entdecken. Tiefe Röte überzog Assols Gesicht,
doch die Stimme ihres Herzens sagte ahnungsvoll: »Ja.« Es
gab keine Erklärung für das Vorgefallene, aber auch ohne
Worte und ohne Gedanken schöpfte sie aus ihrem merkwür-
digen Gefühl, und der Ring war ihr schon vertraut geworden.
Am ganzen Leib zitternd, zog sie ihn vom Finger, legte ihn in
die hohle Hand, als habe sie Wasser geschöpft, und betrachtete ihn hingebungsvoll, inbrünstig, mit der ganzen Schwär-
merei und dem Aberglauben der Jugend; dann steckte sie ihn
in ihr Mieder und barg das Gesicht in den Händen, aus denen
hervor unbezwingbar ein Lächeln brach; schließlich ließ sie
den Kopf sinken und ging langsam wieder zurück.

So, zufällig, wie die Leute sagen, die lesen und schreiben
können, hatten sich Grey und Assol am Morgen eines ganz
und gar schicksalhaften Sommertags gefunden.

5
Taktische Vorbereitungen

AN DECK DER »SECRET« ANGEKOMMEN, BLIEB GREY EINIGE
Minuten reglos stehen und strich sich mit der Hand über
den Kopf vom Nacken zur Stirn, was er nur tat, wenn er
völlig verwirrt war. Zerstreutheit, schattenhafte Gefühlsre-

gungen spiegelten sich auf seinem Gesicht wie das entrück-
te Lächeln eines Mondsüchtigen. Sein Gehilfe Panten ging
gerade mit einem Teller gebratenem Fisch übers Hinterdeck;
als er Grey erblickte, bemerkte er die sonderbare Verfassung seines Kapitäns.

»Sie haben sich wohl verletzt?« erkundigte er sich behutsam. »Wo sind Sie gewesen? Was haben Sie gesehen? Natürlich ist das Ihre Angelegenheit. Ein Makler bietet uns vorteilhafte Fracht an, verspricht eine Prämie. Was haben Sie
denn nur?«

»Danke«, sagte Grey aufatmend, wie befreit. »Mir hat
einfach der Klang Ihrer schlichten, klugen Stimme gefehlt.
Die wirkt wie kaltes Wasser. Sagen Sie den Männern, Panten,
daß wir heute noch den Anker lichten und in die Mündung
der Liliana fahren, das ist an die zehn Meilen von hier. Ihr
Flußbett ist voller Sandbänke. Hinein kommt man nur vom
Meer aus. Holen Sie die Karte. Einen Lotsen nehmen wir
nicht. Das wär's einstweilen. Ja, und die vorteilhafte Fracht
interessiert mich so sehr wie der Schnee vom vergangenen
Jahr. Das können Sie dem Makler ausrichten. Ich gehe in die
Stadt und werde da bis zum Abend bleiben.«

»Was ist denn geschehen?«

»Überhaupt nichts, Panten. Ich möchte, daß Sie meinen
Wunsch zur Kenntnis nehmen: Stellen Sie keine Fragen.
Wenn die Zeit gekommen ist, werde ich Ihnen alles erzählen. Den Matrosen sagen Sie, eine Reparatur sei erforderlich
und das hiesige Dock sei nicht frei.«

»Schon gut«, rief Panten verständnislos dem weggehen-
den Grey nach. »Wird gemacht.«

Obwohl die Anordnungen des Kapitäns durchaus verständlich waren, rannte der Gehilfe, den Teller in der Hand,
mit aufgerissenen Augen in seiner Kajüte herum und sprach
mit sich selbst: »Panten, du hast dich ins Bockshorn jagen
lassen. Vielleicht will er's mit der Schmuggelei versuchen?
Am Ende fahren wir unter der schwarzen Piratenflagge?«
Panten steigerte sich in die wildesten Vermutungen. Wäh-

rend er nervös den Fisch aufaß, stieg Grey in seine Kajüte hinunter, steckte Geld ein, überquerte die Bucht und tauchte schließlich in den Geschäftsvierteln von Liss auf.

Nun handelte er schon entschieden und mit Bedacht, wußte bis ins letzte, was ihm auf seinem wundersamen Weg bevorstand. Jede Regung, jeder Gedanke, jede Handlung bereitete ihm echte Schöpferfreude. Im Handumdrehn hatte er einen klaren Plan gefaßt. Es war, als hätten seine Vorstellungen vom Leben jenen letzten Meißelhieb erfahren, nach dem der Marmor in vollendeter Gestalt Harmonie ausstrahlt.

Um das Richtige zu finden, ging Grey durch drei Läden, denn in Gedanken sah er schon genau den erforderlichen Farbton. In den ersten beiden Läden zeigten sie ihm Seide in marktschreierischen Farben, dazu bestimmt, simple Eitelkeit zu befriedigen; im dritten fand er anspruchsvolle Muster. Der Inhaber hastete freudig hin und her und legte ihm alle möglichen Ladenhüter vor, aber Grey ging ernsthaft wie ein Anatom ans Werk. Geduldig prüfte er die Ballen, legte sie zurück, schob sie beiseite, rollte sie auf; immer neue rote Purpurstreifen betrachtete er gegen das Licht, sie türmten sich schon so auf dem Ladentisch, daß es aussah, er müsse im nächsten Moment aufflammen. Eine Purpurwoge fiel auf Greys Stiefelspitze, ein rosa Widerschein lag auf seinen Armen und auf dem Gesicht. Während er in der leicht widerstrebenden Seide wühlte, verglich er die Farben: rot, blaßrot, rosa und rosaviolett; kirschrote, orange und tiefrote Töne; es gab Farben verschiedenster Schattierung und Intensität, unterschiedlich sogar bei scheinbarer Verwandtschaft, etwa wie die Worte »bezaubernd«, »wunderschön«, »großartig« und »vollkommen« Verschiedenes ausdrücken; in Stoffalten verbargen sich kaum wahrnehmbare Nuancen, doch die echte Purpurfarbe kam unserem Kapitän lange nicht vor Augen; was der Ladeninhaber anbrachte, war schön, aber es bewegte ihn zu keinem klaren und festen »Ja«. Schließlich weckte doch eine Farbe die ganze Aufmerksamkeit des Käufers; er setzte sich in einen Sessel am Fenster, wickelte von der raschelnden Seide ein langes Ende ab, breitete es über die Knie, lehnte sich zurück und erstarrte, die Pfeife zwischen den Zähnen, bei der Betrachtung.

Kristallklar wie das purpurne Morgenlicht, voll erhabener Fröhlichkeit und Majestät, war dies genau jene stolze Farbe, nach der Grey gesucht hatte. Frei war sie vom Nuancenspiel des Feuers oder der Mohnblätter, von schillernden Übergängen zwischen Lila und Violett, frei auch von Blautönen, von Schatten, von allem, was irritiert. Sie flammte, einem Lächeln gleich, im Liebreiz durchgeistigten Widerscheins. Grey war so ins Grübeln geraten, daß er sogar den Ladeninhaber ganz vergessen hatte, der hinter ihm so gespannt lauerte wie ein Jagdhund, der das Wild gestellt hat. Schließlich, des Wartens müde, brachte sich der Händler in Erinnerung, indem er krachend ein Stück Stoff abriß.

»Es reicht!« sagte Grey und stand auf. »Diese Seide nehme ich!«

»Den ganzen Ballen?« fragte der Händler ehrerbietig. Grey blickte ihm nur schweigend ins Gesicht, worauf der Ladenbesitzer ein wenig befangener wurde. »Wieviel Meter also?«

Grey nickte zum Zeichen, daß er schon darüber nachdachte, ergriff einen Bleistift und rechnete auf einem Zettel die erforderliche Menge aus.

»Zweitausend Meter.« Skeptisch betrachtete er die Regale. »Ja, nicht mehr als zweitausend Meter.«

»Zwei...?« fragte der Ladenbesitzer und schnellte hoch wie eine Sprungfeder. »...tausend? Meter? Bitte nehmen Sie Platz, Kapitän. Wünschen Sie nicht auch einen Blick auf neue Stoffmuster zu werfen, Kapitän? Wie Ihnen beliebt. Hier sind Streichhölzer, hier ein erlesener Tabak, bitte sehr. Zweitausend ... zweitausend zu ...« Er nannte einen Preis, der zum tatsächlichen im gleichen Verhältnis stand wie ein Schwur zum einfachen Ja, doch Grey war einverstanden, er wollte nicht feilschen. »Eine wunderbare, herrliche Seide«, fuhr der Ladenbesitzer fort, »unvergleichliche Ware, so etwas finden Sie nur bei mir.«

71

Als er schließlich vom Übermaß an Begeisterung ganz erschöpft war, besprach Grey mit ihm die Zustellung, übernahm auch deren Kosten, zahlte und ging, vom Ladenbesitzer mit solchen Ehrenbezeugungen hinausgeleitet, als wäre er der Kaiser von China. Inzwischen hatte jenseits der nächsten Querstraße ein fahrender Musikant sein Cello gestimmt und entlockte ihm mit leisem Bogen traurige und schöne Weisen; sein Kamerad, ein Flötenspieler, überschüttete den Gesang der Saiten mit seinem kehligen Dudeln. Die schlichte Melodie, mit der sie den vor Hitze schläfrigen Hof erfüllten, drang auch an Greys Ohr, und sofort wußte er, was er nun zu tun hatte. Überhaupt befand er sich all diese Tage auf einem derart beglückenden geistigseelischen Höhenflug, daß er alle Andeutungen und Einflüsterungen der Wirklichkeit deutlich wahrnahm; die Klänge, die er durch das Gerassel vorüberfahrender Kutschen hindurch vernommen hatte, machten ihn hellwach für den tiefen Sinn von Eindrücken und Gedanken, die er, seinem Charakter entsprechend, dieser selben Musik verdankte; und er spürte bereits, warum und wieso alles gut ausgehen würde, was er sich vorgenommen hatte. Grey passierte die Querstraße und trat durchs Tor des Hauses, in dessen Hof das Konzert stattfand. Die Musikanten wollten gerade aufbrechen, und der hochgewachsene Flötenspieler schwenkte seinen Hut dankbar, mit dem Ausdruck verschämter Würde zu den Fenstern hinauf, aus denen Münzen geflogen waren. Das Cello klemmte bereits unterm Arm seines Besitzers; der wischte sich den Schweiß von der Stirn und wartete auf den Flötenspieler.

»Nanu, das bist ja du, Zimmer«, sagte Grey. Er hatte den Geiger erkannt, der in der Schenke »Geld aufs Faß« allabendlich die Seeleute mit seinem schönen Spiel erfreute. »Warum bist du denn deiner Geige untreu geworden?«

»Hochverehrter Kapitän«, entgegnete Zimmer selbstgefällig, »ich spiele auf allem, was da klingt und klirrt. In meiner Jugend war ich Musikclown. Jetzt zieht es mich zur Kunst, und ich sehe bekümmert, daß ich in mir eine außerordentliche Begabung zugrunde gerichtet habe. Daher widme ich mich mit verspäteter Gier gleich zwei Instrumenten, dem Cello und der Geige. Auf dem Cello spiele ich tagsüber und auf der Geige abends, das heißt, ich spiele, als weinte ich, beklagte mein ruiniertes Talent. Wollen Sie mir nicht ein Glas Wein spendieren? Das Cello ist meine Carmen, die Geige aber ...«

»Assol«, sagte Grey.

Zimmer hörte nicht richtig.

»Ja«, sagte er und nickte, »ein Beckensolo oder gar eins mit Kupferröhrchen ist was ganz anderes. Aber was soll's? Mögen die Hanswurste der Kunst ihre Possen treiben – ich weiß, daß das Cello und die Geige immer von Feen beseelt sind.«

»Und was verbirgt sich hinter meinem Dudeldö?« fragte der hinzugetretene Flötenspieler, ein großer Bursche mit himmelblauen Schafsaugen und einem blonden Vollbart. »Sag schon!«

»Das kommt ganz darauf an, wieviel du seit dem Aufstehn getrunken hast. Manchmal ein Vogel und manchmal Schnapsdunst. Kapitän, das ist mein Kumpel Duss, ich habe ihm gesagt, wie Sie mit Gold um sich werfen, wenn Sie trinken, da hat er sich in Sie verliebt, ohne Sie je gesehen zu haben.«

»Ja«, sagte Duss, »ich liebe die große Geste und Freigebigkeit. Aber ich bin gerissen, trauen Sie ja nicht meiner schändlichen Schmeichelei.«

»Nun denn«, sagte Grey lachend, »ich habe wenig Zeit, aber die Sache eilt. Ich biete euch guten Verdienst. Stellt eine Kapelle zusammen, aber keine aus Lackaffen mit feierlichen Totengesichtern, die über ihrer musikalischen Bibelfestigkeit oder, schlimmer noch, über ihrer Melodienfeinkost die Seele der Musik vergessen haben und mit ihrem kunstgewerblichen Getöse allmählich das Volkstheater zugrunde richten, nein! Versammelt Musikanten wie ihr, die die schlichten Herzen von Köchinnen und Dienern zum Wei-

nen bringen, versammelt die euch verwandten Wander-
musikanten. Das Meer und die Liebe dulden keine
Kleinigkeitskrämer. Ich würde sehr gern noch eine Weile
mit euch zusammen sitzen, bei mehr als einer Flasche Wein,
doch ich muß gehen. Ich habe viel zu tun. Nehmt das hier,
und trinkt dafür aufs Wohl des Buchstabens A. Falls euch
mein Vorschlag zusagt, kommt gegen Abend auf die ›Secret‹
sie liegt an der vorderen Mole.«

»Einverstanden!« rief Zimmer, denn er wußte, daß Grey
fürstlich zahlte. »Verneig dich, Duss, sag ja und schwenke
vor Freude deinen Hut. Kapitän Grey will heiraten!«

»Ja«, sagte Grey einfach. »Alle Einzelheiten erfahrt ihr
von mir auf der ›Secret‹. Aber ihr ...«

»Auf den Buchstaben A!« Duss stieß Zimmer in die Seite
und zwinkerte Grey zu. Aber ... hat das Alphabet nicht viele Buchstaben? Würden Sie vielleicht auch was fürs Ypsilon
spendieren?«

Grey gab ihnen noch mehr Geld. Die Musikanten verschwanden. Nun ging er ins Maklerbüro und erteilte einen
geheimen Auftrag für eine hohe Summe – er sollte dringend
innerhalb von sechs Tagen erledigt werden. Als Grey soeben wieder sein Schiff erreichte, bestieg ein Agent des Büros
schon einen Dampfer. Gegen Abend brachten sie die Seide;
fünf von Grey angeheuerte Segelmacher quartierten sich
bei den Matrosen ein. Noch war Letika nicht zurück, auch
die Musikanten waren noch nicht eingetroffen. Während
Grey auf sie wartete, ging er zu Panten, um mit ihm zu reden.

Zu erwähnen wäre, daß Grey schon einige Jahre mit derselben Besatzung fuhr. Anfangs hatte der Kapitän die Matrosen durch überraschende Routen und manchmal mona-
telangen Aufenthalt an den entlegensten – vom Handel
unerschlossenen und menschenleeren Orten in Verwunde-
rung versetzt, aber allmählich hatten sie sich von seinem
»Greyismus« anstecken lassen. Oft segelte er mit toter Last
und weigerte sich nur darum, eine vorteilhafte Fracht zu

laden, weil sie ihm nicht zusagte. Niemand konnte ihn bewegen, Seife zu befördern, Nägel, Maschinenteile und andere Dinge, die als unbelebte Zeugen langweiliger Bedürfnisse finster in den Laderäumen liegen. Gern aber transportierte er Früchte, Porzellan, Tiere, Gewürze, Tee, Tabak, Kaffee, Seide, wertvolle Hölzer – Ebenholz, Sandelholz und Palmholz. All das entsprach seiner edlen Phantasie, weil es eine malerische Atmosphäre schuf. Kein Wunder, daß die in diesem Geist der Besonderheit erzogene Besatzung der »Secret« auf alle anderen Schiffe, die in den Qualm schnöden Profits gehüllt waren, ein wenig von oben herabsah. Dennoch blickte Grey diesmal in ungläubige Gesichter, denn selbst der beschränkteste Matrose wußte sehr wohl, daß es keinen Grund gab, eine Reparatur ausgerechnet im Bett eines Waldflusses vorzunehmen.

Panten hatte ihnen natürlich Greys Befehl überbracht. Als Grey hereinkam, rauchte sein Gehilfe gerade die sechste Zigarre, ging, vor Qual fast irre, in der Kajüte auf und ab und stieß ständig gegen Stühle. Der Abend brach an, durchs offene Bullauge fiel ein goldener Lichtstrahl, in dem der lackierte Schirm der Kapitänsmütze aufblitzte.

»Alles ist bereit«, sagte Panten finster. »Wenn Sie wollen, können wir den Anker lichten.«

»Sie sollten mich besser kennen, Panten«, bemerkte Grey sanft. »Was ich vorhabe, ist ja kein Geheimnis. Sowie wir in der Liliana vor Anker gehen, werde ich es Ihnen erzählen, dann werden Sie nicht mehr so viele Streichhölzer für schlechte Zigarren vergeuden. Nun gehen Sie! Lassen Sie den Anker einholen.«

Verlegen lächelnd kratzte sich Panten an einer Braue.

»Natürlich«, meinte er, »ich habe ja auch gar nichts gesagt.«

Als er gegangen war, blieb Grey noch eine Weile sitzen und blickte reglos auf die halboffene Tür, dann ging er in seine Kajüte. Dort fand er auch keine Ruhe: Er saß erst eine Weile, legte sich dann hin, horchte aber auf das Knirschen der Ankerwinde, die klirrend die Kette aufrollte, schickte sich an, auf die Back zu gehen, besann sich indessen anders, kehrte zum Tisch zurück und zog mit dem Finger ungeduldig eine gerade Linie über das Wachstuch. Ein Faustschlag gegen die Tür brachte ihn wieder zur Besinnung, er schloß auf und ließ Letika herein. Der Matrose blieb schwer atmend stehen und sah aus wie ein Eilbote, der gerade noch rechtzeitig eine Hinrichtung verhütet hat.

»Jetzt aber fix, Letika«, habe ich mir gesagt, als ich von der Anlegemole aus sah, wie unsere Jungs in die Hände spuckten und um die Ankerwinde herumtanzten, berichtete er hastig. »Ich habe Adleraugen. Und ich bin regelrecht geflogen. Dem Bootsführer habe ich so zugesetzt, daß er vor Aufregung ins Schwitzen geriet. Wollten Sie mich denn an Land zurücklassen, Kapitän?«

»Letika«, sagte Grey und betrachtete seine roten Augen, »ich hatte dich spätestens gegen Morgen erwartet. Hast du dir kaltes Wasser über den Nacken gegossen?«

»Ja. Zwar nicht so viel, wie ich in mich hineingekippt habe, aber etwas schon. Alles ist erledigt.«

»Sprich.«

»Wozu, Kapitän. Hier ist alles aufgeschrieben. Nehmen Sie es und lesen Sie. Ich habe mir große Mühe gegeben. Ich gehe.«

»Wohin?«

»Ich seh's an Ihren vorwurfsvollen Augen, daß ich mir noch nicht genug kaltes Wasser über den Nacken gegossen habe.« Er machte kehrt und entfernte sich in einem sonderbaren Gang, wie ein Blinder. Grey entfaltete das Blatt Papier. Der Bleistift hatte sich bestimmt gewundert, als mit ihm Krakel gemalt wurden, die an einen zerfallenen Zaun erinnerten. Folgendes hatte Letika geschrieben:

»Laut Instruktion. Nach fünf ging ich auf der Straße hin und her. Das Haus hat ein graues Dach, je zwei Fenster zu beiden Seiten, dahinter ist ein Gemüsegarten. Die betreffende Person erschien zweimal, einmal holte sie Wasser, das zweite Mal Kienspäne für den Herd. Nach Einbruch der Dunkelheit sah ich zum Fenster hinein, konnte aber wegen des Vorhangs nichts erkennen.«

Es folgten einige Auskünfte zu den Familienverhältnissen, die Letika offenbar bei Tischgesprächen bekommen hatte, denn das Schreiben endete etwas überraschend mit den Worten: »Um die Ausgaben zu decken, mußte ich von meinem Geld was zuschießen.«

Doch im Grunde enthielt der Bericht nur, was wir bereits aus dem ersten Kapitel wissen. Grey legte den Zettel in die Schublade, pfiff nach dem Wachhabenden und schickte ihn nach Panten, doch anstelle seines Gehilfen erschien Bootsmann Atwood.

»Wir waren auf der Mole, um die Taue zu lösen«, sagte er, seine aufgekrempelten Ärmel richtend. »Panten schickt mich zu Ihnen, um zu erfahren, was Sie wünschen. Er selbst wird festgehalten, auf ihn haben sich Leute mit Trompeten, Trommeln und sonstigen Geigen gestürzt. Haben Sie die etwa auf die ›Secret‹ bestellt? Panten bittet Sie zu kommen – er weiß nicht, was er mit denen soll.«

»Ja, Atwood«, sagte Grey, »ich habe die Musikanten wirklich hergebeten. Sagen Sie ihnen, sie sollen einstweilen aufs Zwischendeck gehen. Später sehen wir zu, wie wir sie unterbringen. Sagen Sie ihnen und der Besatzung, Atwood, daß ich in einer Viertelstunde an Deck komme. Da sollen sich alle einfinden. Sie und Panten werden mich natürlich auch anhören.«

Atwood spannte die linke Braue wie einen Gewehrhahn, blieb noch einen Augenblick halb abgewandt neben der Tür stehen und ging dann hinaus.

An die zehn Minuten saß Grey, die Hände vors Gesicht geschlagen, da, bereitete sich auf nichts vor und rechnete sich nichts aus, er wollte einfach zur Ruhe kommen. Inzwischen erwarteten ihn alle schon ungeduldig voll neugieriger Mutmaßungen. Als Grey herauskam, sah er an ihren Gesichtern, daß sie unglaubliche Dinge erwarteten; da er aber sein Vorhaben selbst für ganz natürlich hielt, verdroß ihn die Spannung fremder Menschen ein wenig.

»Es gibt nichts Besonderes«, sagte er und setzte sich auf die Treppe zur Kommandobrücke. »Wir werden so lange in der Flußmündung liegenbleiben, bis wir die ganze Takelage ausgewechselt haben. Ihr habt gesehen, daß rote Seide gebracht wurde. Daraus werden unter Leitung des Segelmachers Blent neue Segel für die ›Secret‹ angefertigt. Dann fahren wir ab – wohin, sage ich nicht. Jedenfalls nicht weit. Ich fahre zu meiner Frau. Noch ist sie nicht meine Braut, aber sie wird es. Ich brauche Purpursegel, damit sie uns schon von ferne erkennt, so ist es verabredet. Das ist alles. Wie ihr seht, ist daran nichts Geheimnisvolles. Also, genug davon.«

»Ja«, sagte Atwood, der an den lächelnden Gesichtern der Matrosen sah, daß sie angenehm überrascht waren und sich nicht zu reden trauten. »So ist das also, Kapitän ... Uns steht natürlich kein Urteil zu. Alles geschieht, wie Sie es wünschen. Ich gratuliere.«

»Danke.«

Grey drückte dem Bootsführer fest die Hand, der aber strengte sich unwahrscheinlich an und antwortete mit einem solchen Händedruck, daß der Kapitän losließ. Danach traten der Reihe nach alle anderen heran und murmelten mit scheuen, warmen Blicken Glückwünsche. Niemand schrie etwas, niemand lärmte, die Matrosen spürten, daß sich hinter den kurzen Worten des Kapitäns Ungewöhnliches verbarg. Panten seufzte erleichtert auf und wurde froh – ein Stein war ihm vom Herzen gefallen. Nur der Schiffszimmermann war nicht ganz zufrieden, schlaff drückte er Greys Hand und fragte finster: »Wie sind Sie nur darauf verfallen, Kapitän?«

»Als wenn ich einen Schlag mit deiner Axt bekommen hätte«, sagte Grey. »Zimmer, führ deine Jungs vor!«

Der Geiger schlug der Reihe nach sieben höchst schlampig gekleideten Männern auf den Rücken und stieß sie aus der Menge heraus.

»Da«, sagte Zimmer, »der hier spielt die Posaune, wenn ihr die hört, denkt ihr, es schießt eine Kanone. Die beiden bartlosen Jünglinge blasen Trompete, wenn die losschmettern, möchte man sofort in den Kampf ziehen. Dann gibt es noch die Klarinette, das Kornett und die zweite Geige. Sie alle turteln, was das Zeug hält, mit der munteren Primadonna, der ersten Geige – das bin ich. Und da ist schließlich der stimmgewaltige Wirt unseres fröhlichen Gewerbes, Fritz der Trommler. Sie wissen ja, Trommler schauen gewöhnlich enttäuscht drein, der hier aber schlägt die Trommel begeistert und voll Würde. Sein Spiel hat etwas Ungezwungenes, ist so geradlinig wie seine Schlegel. Recht so, Kapitän?«

»Wundervoll«, sagte Grey. »Unterkunft bekommt ihr alle im Laderaum, unsere Fracht besteht diesmal also aus allerlei Scherzos, Adagios und Fortissimos. Wegtreten! Leinen los, aber dalli! Ich löse Sie in zwei Stunden ab, Panten.«

Die zwei Stunden vergingen ihm wie im Fluge, unter den Klängen der Musik, die nach wie vor seine Seele erfüllte – unablässig, wie das Blut in den Adern pulsiert. Er dachte nur an das eine, wollte nur das eine, strebte nur dem einen entgegen. Als Mann der Tat eilte er in Gedanken dem Gang der Ereignisse voraus und bedauerte nur, daß er sie nicht so einfach beschleunigen konnte wie das Ziehen der Steine beim Damespiel. Nichts in seinem ruhigen Äußeren verriet, daß es in seinem Inneren vor Gefühlsanspannung dröhnte, als würde unmittelbar über seinem Kopf eine riesige Glocke geläutet, und dieses Dröhnen durchtoste ihn wie ein ohrenbetäubendes nervöses Stöhnen. Schließlich begann er in Gedanken zu zählen: »Eins ... zwei ... dreißig ...« und so weiter, bis er bei »tausend« angelangt war. Das half – endlich war er in der Lage, das ganze Unternehmen nüchtern zu beurteilen. Da verwunderte ihn ein wenig, daß er sich Assols innere Welt nicht vorstellen konnte, da sie ja nicht einmal miteinander gesprochen hatten. Irgendwo hatte er einmal gelesen, daß man einen Menschen, und sei's auch nur ungefähr, verstehen kann, wenn man sich in ihn hineinversetzt und seinen Gesichtsausdruck nachahmt. Schon nahmen Greys Augen allmählich einen ihm gar nicht eigenen, sonderbaren Ausdruck an, und die Lippen unterm Schnurrbart verzogen sich zu einem milden Lächeln, da besann er sich, lachte laut auf und ging Panten ablösen.

Es war dunkel. Panten hatte den Jackenkragen hochgeschlagen, schritt beim Kompaß auf und ab und sagte zum Steuermann: »Backbord, ein Viertel Strich backbord! Halt! Noch ein Viertel!«

Die »Secret« fuhr unter halben Segeln vor dem Wind.

»Wissen Sie, ich bin zufrieden«, sagte Panten zu Grey.

»Womit?«

»Mit demselben wie Sie. Ich habe alles verstanden. Hier auf der Brücke.« Er zwinkerte pfiffig, und die Glut seiner Pfeife erhellte auch sein Lächeln.

»Na, was haben Sie denn verstanden?« fragte Grey, der plötzlich erraten hatte, was Panten meinte.

»Die beste Art und Weise, Schmuggelware zu befördern«, flüsterte Panten. »Jeder kann die Segel haben, die er will. Sie sind ein genialer Kopf, Grey.«

»Armer Panten«, sagte der Kapitän und wußte nicht, sollte er böse sein oder lachen. »Ihre Vermutung ist scharfsinnig, entbehrt aber jeder Grundlage. Gehen Sie schlafen. Ich gebe Ihnen mein Wort, Sie irren sich. Ich tue das, was ich gesagt habe.«

Er schickte ihn schlafen, überprüfte den Kurs und setzte sich. Nun wollen wir ihn verlassen, damit er allein sein kann.

6
A s s o l   b l e i b t   a l l e i n

Longren verbrachte die Nacht auf See; er schlief nicht, angelte auch nicht, sondern fuhr unter Segel ohne bestimmtes Ziel, horchte auf das Plätschern des Wassers, schaute ins Dunkel, ließ sich vom Wind umwehen und hing seinen

Gedanken nach. In schweren Stunden vermochte nichts seine Seelenkraft derart zu erneuern wie solche einsame Fahrten ins Ungewisse. Stille, nur Stille und Menschenferne – das brauchte er, um auch die leisesten und verworrensten Stimmen seiner Innenwelt zu verstehen. In dieser Nacht dachte er an die Zukunft, an seine Armut und an Assol. Es fiel ihm sehr schwer, sie auch nur für kurze Zeit zu verlassen; außerdem fürchtete er, sein bereits abgeebbter Schmerz könne wieder aufleben. Vielleicht würde er sich, wenn er auf einem Schiff anheuerte, erneut vorstellen, daß dort, in Kaperna, seine nie und nimmer gestorbene Freundin auf ihn wartete, um bei seiner Rückkehr erneut leidgebeugt, voll hoffnungsloser Erwartung aufs Haus zuzugehen. Mary würde nie mehr aus der Tür treten. Doch er wollte, daß es für Assol wenigstens so blieb, wie es war, daher beschloß er, zu handeln, wie diese Fürsorge ihm gebot.

Als Longren zurückkehrte, war das Mädchen noch nicht zu Hause. An ihre frühen Spaziergänge hatte der Vater sich gewöhnt, doch diesmal spürte er beim Warten eine leichte Unruhe. Während er von einer Ecke zur anderen ging, erblickte er bei einer Kehrtwende mit einemmal Assol; zielstrebig und lautlos war sie hereingekommen; sie blieb schweigend vor ihm stehen, und in ihrem Blick, der Erregung spiegelte, war ein Leuchten, das ihn fast erschreckte. Ihm schien, als offenbare sich nun ihr zweites Gesicht – jenes wahre Gesicht, von dem gewöhnlich nur die Augen eines Menschen künden. Sie schwieg, sah Longren aber so sonderbar an, daß er schnell fragte: »Bist du krank?«

Assol antwortete nicht sogleich. Als der Sinn seiner Frage ihr endlich ins Bewußtsein drang, schnellte sie hoch wie ein Zweig, den man mit der Hand gestreift hat, und brach in ein langes, gleichmäßiges, von heimlichem Triumph erfülltes Lachen aus. Sie mußte etwas sagen und antwortete wie gewöhnlich, ohne erst zu überlegen: »Nein, ich bin gesund ... Warum schaust du so? Ich bin frohgestimmt. Wirklich, frohgestimmt, aber nur, weil der Tag so schön ist. Was hast denn du gedacht? Ich seh's doch an deinem Gesicht, daß du dir was einredest.«

»Ob eingeredet oder nicht«, sagte Longren, setzte sich und nahm das Mädchen auf die Knie, »du wirst schon verstehen, worum es mir geht, da bin ich mir sicher. Wir haben nichts mehr, wovon wir leben könnten. Ich gehe aber nicht wieder auf große Fahrt, sondern lasse mich auf dem Postdampfer anheuern, der zwischen Kasset und Liss hin und her fährt.«

»Ja«, sagte sie wie aus weiter Ferne. Sie gab sich Mühe, sich in seine Sorgen und Pläne hineinzudenken, spürte aber erschrocken, daß sie nicht in der Lage war, ihre Freude zu unterdrücken. »Das ist gar nicht schön. Ich werde mich langweilen. Komm nur bald wieder zurück!« Bei diesen Worten erblühte auf ihrem Gesicht ein unaufhaltsames Lächeln. »Komm nur möglichst schnell zurück, mein Lieber, ich warte.«

»Assol!« sagte Longren, nahm ihr Gesicht in die Hände und drehte es zu sich. »Sprich frisch von der Leber – was ist geschehen?«

Sie spürte, daß sie ihn beschwichtigen mußte, bezwang ihren Jubel, wurde ernst und aufmerksam, und nur in ihren Augen funkelte noch das neue Beben.

»Du bist sonderbar«, sagte sie. »Es ist wirklich nichts. Ich habe Nüsse aufgelesen.«

Longren hätte ihr das wohl kaum geglaubt, wenn er nicht so mit seinen Gedanken beschäftigt gewesen wäre. Ihre Unterhaltung wurde sachlich, ging bis in Einzelheiten. Der Matrose sagte seiner Tochter, sie solle ihm den Seesack packen, zählte alle notwendigen Dinge auf und gab ihr ein paar Ratschläge.

»Ich komme in etwa zehn Tagen zurück, du aber verpfände mein Gewehr und bleib brav zu Hause. Wenn dich jemand ärgern will, sag ihm: Longren kommt bald wieder. Grübel nicht zuviel und mach dir um mich keine Sorgen; mir wird schon nichts passieren.«

Dann aß er etwas, gab dem Mädchen einen herzhaften Kuß, warf sich den Seesack über die Schulter und ging auf die Straße. Assol blickte ihm nach, bis er hinter einer Biegung verschwunden war, und kehrte ins Haus zurück. Da gab es viel für sie zu tun, doch sie hatte die Arbeit vergessen. Leicht verwundert sah sie sich um, als wäre sie bereits eine Fremde in diesem Haus, mit dem sie von Kind an so verbunden war, als hätte sie es immer im Herzen getragen, und das plötzlich so aussah wie vertraute Stätten, die man nach etlichen Jahren, aus einem anderen Lebenskreis kommend, wieder einmal besucht. Doch dann empfand sie diese innere Abwehr als unwürdig und ungehörig. Sie setzte sich an den Tisch, an dem Longren gewöhnlich die Spielsachen angefertigt hatte, und versuchte, ein Steuerruder an ein Schiffsheck zu kleben. Während sie alle diese Dinge betrachtete, erschienen sie ihr unwillkürlich so, als wären sie wie im wirklichen Leben. Was am Morgen geschehen war, nahm ihren Sinn wieder gefangen, ließ sie erbeben, und ein goldener Ring, fast so groß wie die Sonne, fiel übers Meer ihr zu Füßen.

Da hielt sie es nicht länger aus, sie verließ das Haus und ging nach Liss. Dort hatte sie gar nichts zu tun; sie wußte selbst nicht, warum sie ging, sie mußte einfach gehen. Unterwegs begegnete ihr ein Fußgänger, der nach dem Weg fragte; sie erklärte vernünftig, wie er gehen müsse, und hatte im selben Moment alles vergessen.

Sie legte die ganze lange Strecke zurück, ohne es zu merken, als hätte sie einen Vogel bei sich, der ihre ganze liebevolle Aufmerksamkeit beanspruchte. So erreichte sie schließlich die Stadt; da lenkte sie der Lärm ab, der von überallher auf sie eindrang, aber er hatte keine Gewalt mehr über sie wie früher, wo er sie so erschreckt und verschüchtert hatte, daß sie sich in ein scheues Häschen verwandelte. Sie widerstand ihm. Langsam, durch die blauen Schatten der Bäume tauchend, ging sie die Ringstraße entlang, sie sah den Vorübergehenden zutraulich und unbekümmert ins Gesicht, und ihre Bewegungen waren gleichmäßig und selbstsicher. Leuten mit guter Beobachtungsgabe fiel im Laufe dieses Tages mehrfach ein ihnen unbekanntes, sonderbar aussehendes Mädchen auf, das, in tiefes Nachsinnen versunken, durch die bunte Menge schritt. Auf dem zentralen Platz hielt sie ihre Hand unter einen Strahl des Springbrunnens und ließ das Wasser an ihren Fingern zerstieben; dann setzte sie sich für ein Weilchen, ruhte sich aus und kehrte auf den Waldpfad zurück. Nach Hause ging sie erfrischt, friedlich und froh, im Stimmungswechsel einem abendlichen Bach ähnlich, der die bunten Spiegelbilder des Tages endlich gegen einen ruhigen schattigen Glanz eingetauscht hat. Als sie sich ihrer Siedlung näherte, erblickte sie den Kohlenhändler, dem es so vorgekommen war, als triebe sein Korb Blüten; er stand mit zwei fremden, finster blickenden Männern, die von Kohlenstaub und Schmutz starrten, neben seinem Wagen. Assol freute sich.

»Guten Tag, Philipp«, sagte sie. »Was machst du hier?«

»Nichts, kleine Fliege. Ein Rad war abgegangen, ich habe es wieder befestigt, jetzt rauche ich und schwatze ein wenig mit meinen Kumpels. Woher kommst denn du?«

Assol antwortete nicht.

»Weißt du, Philipp«, sagte sie, »ich mag dich sehr, deshalb sage ich es dir allein. Ich fahre bald weg. Wahrscheinlich für immer. Aber erzähle das niemand weiter.«

»Wegfahren willst du? Wohin denn?« wunderte sich der Kohlenhändler und riß den Mund so weit auf, daß sein Bart noch länger wirkte.

»Ich weiß nicht.« Ruhig ließ sie den Blick über die Waldlichtung mit der Ulme schweifen, wo der Wagen stand, über das grüne Gras im rosigen Abendschein, über die schweigsamen schwarzen Kohlenmänner und setzte nach kurzem Nachdenken hinzu: »All das weiß ich noch nicht. Ich weiß weder den Tag noch die Stunde, weiß nicht mal, wohin. Mehr sage ich nicht. Daher für alle Fälle – leb wohl! Du hast mich oft mitgenommen.«

Sie ergriff seine schwarze Pranke und schüttelte sie, soweit sie sich schütteln ließ. Im Gesicht des Mannes öffnete sich ein Spalt zu einem starren Lächeln. Das Mädchen nickte, drehte sich um und ging. Sie war so schnell verschwunden, daß Philipp und seine Freunde nicht mal dazu kamen, sich nach ihr umzuwenden.

»Sonderbar«, sagte der Kohlenhändler. »Die soll einer verstehn. Irgendwas hat sie heute ... irgendsowas!«

»Richtig«, bekräftigte der zweite, »halb erzählt sie was, halb redet sie uns zu. Uns kann's gleich sein.«

»Uns kann's gleich sein«, sagte auch der dritte seufzend.

Darauf stiegen sie alle drei in den Wagen und verschwanden auf dem steinigen Weg unter Räderrattern in Wolken von Staub.

7

» S e c r e t « –
d a s   P u r p u r g e h e i m n i s

Es war die Stunde des heraufdämmernden Morgens; in dem riesigen Wald stand ein leichter Dunst voll sonderbarer Erscheinungen. Ein fremder Jäger hatte gerade erst sein Lagerfeuer verlassen und ging am Fluß entlang, durch die Bäume blinkte die Helligkeit seines Luftraums, doch der fleißige Jäger untersuchte eine frische Bärenfährte, die zu den Bergen führte.

Plötzlich hallten überraschend wie eine unvermutete Jagd, Töne durch den Wald – die Klarinette sang. Der Musikant war aufs Deck hinausgetreten und spielte eine Weise voll trauriger getragener Wiederholungen. Die Melodie bebte wie eine Stimme, die ihr Leid zu verbergen sucht, gewann an Kraft, lächelte in einer wehmütigen Modulation und brach ab. Ein fernes Echo griff leicht verzerrt die Weise auf.

Der Jäger kennzeichnete die Fährte mit einem abgebrochenen Zweig und bahnte sich einen Weg zum Wasser. Der Nebel hatte sich noch nicht verzogen, in ihm verschwanden die Umrisse eines riesengroßen Schiffes, das langsam zur

Flußmündung abdrehte. Seine eingerollten Segel, die wie Blumengewinde durchhingen, lebten auf, blähten sich und verdeckten die Masten mit hilflosen Schilden aus gewaltigen Falten; man hörte Stimmen und Schritte. Landwind, der seine Kraft ausprobierte, zerrte träge an den Segeln; endlich tat die Sonne das Ihre, der Luftstrom wurde stärker, vertrieb den Nebel und ergoß sich an den Rahen in zarte Formen, die purpurroten Rosen glichen. Rosa Schattierungen glitten über das Weiß von Masten und Takelwerk, alles war weiß bis auf die nun voll entfalteten, straff gespannten Segel, die in die Farbe unbändiger Freude getaucht waren.

Der Jäger, der vom Ufer herüberblickte, rieb sich lange die Augen, ehe er sicher war, daß er das alles wirklich sah. Als das Schiff hinter einer Flußbiegung verschwunden war, stand er noch immer da und schaute, dann zuckte er schweigend die Achseln und lief wieder seinem Bären nach.

Solange die »Secret« noch flußabwärts fuhr, stand Grey am Steuerrad und überließ es dem Matrosen nicht – er fürchtete Sandbänke. Panten saß neben ihm in neuen Tuchhosen und mit einer funkelnagelneuen Mütze, rasiert und in gekränkter Ergebenheit. Noch immer spürte er keinen Zusammenhang zwischen der purpurnen Ausstaffierung und Greys unmittelbarem Ziel.

»Jetzt, da meine Segel prall sind, der Wind günstig steht und ich glücklicher bin als ein Elefant beim Anblick eines Kuchenbrötchens«, sagte Grey, »will ich versuchen, Ihnen meine Gedanken darzulegen, wie ich es in Liss versprochen habe. Nehmen Sie zur Kenntnis – ich halte Sie weder für dumm noch für starrköpfig, nein, Sie sind ein musterhafter Seemann, und das will viel heißen. Doch wie die meisten Menschen hören Sie die Stimmen einfacher Wahrheiten durch das dicke Glas des Lebens; die mögen noch so schreien, sie dringen doch nicht an ihr Ohr. Was ich tue, entspricht uralten Vorstellungen vom Schönen als etwas Unerreichbarem, obwohl es im Grunde ebenso erreichbar und möglich ist wie eine Landpartie. Bald werden Sie ein Mädchen sehen, das nicht anders heiraten kann, ja nicht anders heiraten darf als so, wie ich es Ihnen jetzt vorführe.«

Er teilte dem Matrosen knapp mit, was wir bereits wissen, und beendete seine Erklärung mit den Worten: »Sie sehen, wie eng hier Schicksal, Wille und Charaktereigenschaften verwoben sind; ich gehe zu der, die nur auf mich wartet und nur auf mich warten kann, ich wiederum will keine andere als sie, vielleicht gerade deshalb, weil ich durch sie eine einfache Wahrheit begriffen habe: Wir müssen sogenannte Wunder mit eigenen Händen vollbringen. Wenn ein Mensch vor allem drauf erpicht ist, seine geliebte Kupfermünze zu bekommen, ist es leicht, ihm diesen Wunsch zu erfüllen, wenn aber seine Seele das Samenkorn eines flammendroten Gewächses, eines Wunders, in sich birgt, dann vollbringe für ihn dieses Wunder, falls du kannst.

Er wird eine neue Seele erhalten und auch du. Wenn ein Gefängnisdirektor *von selbst* einen Häftling entläßt, wenn ein Milliardär seinem Schreiber eine Villa, eine Operettensängerin und einen Safe schenkt, wenn ein Jockey auch nur ein einziges Mal sein Pferd zugunsten eines anderen, glücklosen Pferdes zügelt – dann werden alle begreifen, wie wohl das tut, wie unbeschreiblich schön es ist. Doch gibt es auch andere Wunder, die nicht geringer sind: ein Lächeln, Frohsinn, Vergebung, ein Wort zur rechten Zeit, eine notwendige Tat. Wer das vermag, der vermag alles. Was mich anbelangt, so wird für uns, für Assol und für mich, der Anbeginn auf ewig mit dem Purpurglanz der Segel verbunden sein, die ihre Entstehung einem Herzen verdanken, das weiß, was Liebe ist. Haben Sie mich verstanden?«

»Ja, Kapitän.« Panten räusperte sich und wischte sich den Schnurrbart mit dem sorgfältig zusammengelegten Taschentuch. »Ich habe alles verstanden. Sie haben mich gerührt. Ich gehe jetzt hinunter und werde Nix um Verzeihung bitten, weil ich ihn gestern ausgeschimpft habe, nachdem er einen Eimer hat untergehen lassen. Außerdem will ich ihm etwas Tabak geben – er hat seinen beim Kartenspiel verloren.«

Bevor Grey, leicht verwundert über ein so schnelles, praktisches Ergebnis seiner Worte, etwas sagen konnte, war Panten bereits die Treppe hinabgepoltert und hatte irgendwo weit weg aufgeseufzt. Grey wandte sich um und blickte nach oben; über ihm blähten sich lautlos die Purpursegel. Dunstigrot schimmerte die Sonne durch ihre Nähte. Die »Secret« hielt Kurs aufs offene Meer, entfernte sich von der Küste. Keine Zweifel regten sich in Greys widerklingender Seele, weder als dumpfe Alarmschläge noch als Getöse kleinlicher Sorgen; ruhig wie die Segel über ihm strebte er seinem bezaubernden Ziel entgegen, erfüllt von Gedanken, die den Worten vorauseilen.

Gegen Mittag zeigte sich am Horizont die Rauchfahne eines Kriegsschiffes. Der Kreuzer änderte den Kurs, und in einer Entfernung von einer halben Seemeile setzte er das Signal »Beidrehen!«

»Brüder«, sagte Grey zu den Matrosen, »wir werden nicht beschossen, keine Angst, sie trauen einfach ihren Augen nicht.«

Er befahl zu driften. Panten, der schrie, als würde es brennen, drehte die »Secret« mit dem Bug aus dem Wind; das Schiff fiel ab, vom Kreuzer aber kam auf einem Kutter ein weißbehandschuhter Leutnant nebst Mannschaft angejagt; der Leutnant stieg an Deck, sah sich verwundert um und ging mit Grey in die Kajüte, von wo er nach einer Stunde, sonderbar abwinkend und lächelnd, als sei er befördert worden, zu dem blauen Kreuzer zurückkehrte. Offenbar hatte Grey diesmal mehr Erfolg gehabt als bei dem treuherzigen Panten, denn nach einer kurzen Weile schoß der Kreuzer eine mächtige Salve Salut; der Pulverrauch, der die Luft gegen den Horizont hin in riesigen funkelnden Bällen durchschnitten hatte, riß gleich darauf in Fetzen, die sich über dem stillen Wasser zerstreuten.

Den ganzen Tag lang hielt auf dem Kreuzer noch eine halbfestliche Spannung vor – eine gänzlich undienstliche, aus dem Gleis geratene Stimmung, die unterm Zeichen der

Liebe stand, von der überall gesprochen wurde, im Salon wie im Maschinenraum. Sogar der Posten vor der Munitionsabteilung fragte einen vorüberkommenden Matrosen: »Tom, wie hast eigentlich du geheiratet?«

»Ich habe sie am Rock gepackt, als sie mir durchs Fenster entwischen wollte«, sagte Tom und zwirbelte stolz den Schnurrbart.

Eine Zeitlang fuhr die »Secret« auf offener See, gegen Mittag aber zeigte sich die ferne Küste. Grey nahm das Fernrohr und blickte auf Kaperna. Wären nicht mehrere Dächer davor gewesen, dann hätte er hinter dem Fenster eines Hauses Assol mit einem Buch sitzen gesehen. Während sie darin las, krabbelte ein grünlicher Käfer über die Buchseite; ab und zu blieb er stehen und richtete sich selbstbewußt, vertraut auf den Vorderfüßchen auf. Schon zweimal war er leicht verärgert aufs Fensterbrett gepustet worden, doch von da war er wieder zutraulich und unbefangen zurückgekommen, als wolle er etwas sagen. Diesmal war er fast bis zur Hand gelangt, mit der das Mädchen die Ecke einer Buchseite festhielt, doch hier war er auf dem Wort »sieh« steckengeblieben und hatte zweifelnd haltgemacht, weil er einen neuen Windstoß erwartete. Tatsächlich entging er nur mit knapper Not einer neuen Unannehmlichkeit, denn schon rief Assol: »Wieder der Käfer! Dieser Dummkopf!«, schon wollte sie den Besucher endgültig ins Gras blasen, als sie zufällig den Blick von einem Dach zu einem anderen schweifen ließ und auf dem blauen Seezwickel, den die Straße freigab, ein weißes Schiff mit Purpursegeln entdeckte.

Sie fuhr zusammen, lehnte sich zurück und erstarrte, sprang dann aber jäh auf; vor Erregung und Erschütterung stockte ihr das Herz, schwindelte ihr, brach sie in Tränen aus. Inzwischen umfuhr die »Secret« eine kleine Landzunge, die Küste auf der Backbordseite.

Unterhalb des Feuers der purpurroten Seide strömte leise Musik von dem weißen Deck auf dem blauen Grund, eine Musik mit rhythmischen Übergängen, die der bekannte

Text aus »La Traviata« nicht sehr glücklich trifft: »Auf, schlürfet, auf, schlürfet in durstigen Zügen den Kelch, den die Liebe kredenzt ...« In ihrer Schlichtheit jubelte, sprudelte, toste leidenschaftliches Gefühl.

Assol wußte selbst nicht, wie sie das Haus verlassen hatte – schon lief sie zum Meer, erfaßt vom unwiderstehlichen Sturmwind des Geschehens. An der ersten Ecke machte sie erschöpft halt, die Beine knickten ihr ein, ihr Atem stockte, das Bewußtsein hing nur noch an einem Faden. Außer sich vor Angst, die Herrschaft über sich zu verlieren, stampfte sie mit dem Fuß auf und bezwang sich. Hin und wieder schoben sich ein Dach oder ein Zaun vor die Purpursegel, dann beeilte sie sich, am beklemmenden Hindernis vorbeizukommen, aus Furcht, die Segel könnten verschwinden wie ein Trugbild. Wenn sie danach das Schiff wieder sah, blieb sie mit einem Seufzer der Erleichterung stehen. Inzwischen war Kaperna von einer solchen Verwirrung, von einer solchen Aufregung erfaßt worden, herrschte dort ein solcher Aufruhr, daß nicht einmal starke Erdbeben vergleichbare Wirkungen gehabt haben. Noch nie hatte sich ein großes Schiff dieser Küste genähert; dies aber hatte genau jene Segel, deren bloße Erwähnung bis dahin nur wie Hohn geklungen hatte; deutlich und unbestreitbar loderten sie auf dem Schiff, warfen mit der Unschuld einer Tatsache sämtliche Gesetze des Seins und des gesunden Menschenverstands über den Haufen. Männer, Frauen und Kinder stürzten Hals über Kopf zur Küste, gleichgültig, wie sie soeben bekleidet waren, von Hof zu Hof riefen sie sich die Nachricht zu, sie stießen einander, schrien und stolperten. Bald hatte sich an der Küste eine große Menschenmenge eingefunden, und in diese Menge rannte zielstrebig Assol.

Solange sie noch nicht erschienen war, war ihr Name von Mund zu Mund geflogen, von nervöser und finsterer Unruhe, von zornigem Schrecken begleitet. Vor allem waren es die Männer, die redeten, die verstörten Frauen schluchzten unterdrückt, zischten schlangenartig; wenn aber doch eine zu schnattern begann, dann war es, als ströme Gift in die Köpfe. Als Assol eintraf, verstummten alle und wichen erschrocken zurück; sie blieb allein inmitten des glühendheißen Sandes, fassungslos, verlegen, glücklich, mit einem Gesicht, das genauso purpurrot war wie ihr Wunder, und streckte hilflos die Arme nach dem großen Schiff aus.

Vom Schiff löste sich ein Boot voll sonnenverbrannter Ruderer; unter ihnen stand der, den sie, wie ihr jetzt vorkam, bereits seit ihrer Kindheit kannte, an den sie sich dunkel erinnerte. Er sah Assol mit einem Lächeln an, das sie wärmte und anspornte, auch wenn ihr noch Tausende von letzten, lächerlichen Schrecknissen zusetzten; voller Todesangst, es könnten sich Irrtümer, Mißverständnisse, ein geheimnisvolles, unüberwindliches Hindernis vor ihr auftun, lief sie bis an den Gürtel in die warme wogende Brandung und rief: »Hier bin ich, hier! Ich bin's!« Da setzte Zimmer den Bogen an, und die gleiche Melodie wie zuvor brandete gegen die Menge, doch diesmal klang sie laut und triumphierend in ihrer Erregung, angesichts der dahinziehenden Wolken, der wogenden Wellen und des bis an den fernen Horizont glitzernden Wassers vermochte das Mädchen fast nicht zu unterscheiden, was sich eigentlich bewegte: sie selbst, das Schiff oder das Ruderboot – alles war in Bewegung, alles drehte sich und wogte auf und ab.

Doch da klatschte neben ihr ein Ruder aufs Wasser, und sie hob den Kopf. Grey beugte sich hinunter, ihre Hände griffen nach seinem Gürtel. Assol blinzelte, dann schlug sie schnell die Augen auf, lächelte ihm tapfer in das strahlende Gesicht und sagte atemlos:

»Genau wie erwartet ...«

»Auch du, mein Kind«, sagte Grey und hob den nassen Schatz aus dem Wasser. »Da bin ich nun. Hast du mich erkannt?«

Assol nickte, während sie sich an seinem Gürtel festhielt, neu beseelt und mit flatternden Lidern. Das Glück saß in ihr wie ein wuschliges Kätzchen. Als sie sich wieder traute, die

Augen aufzuschlagen, schien ihr alles – das Schaukeln des Bootes, das Glitzern der Wogen, die sich in einem Wendemanöver des Schiffs mächtig nähernde Bordwand der »Secret« – wie ein Traum, in dem Licht und Wasser wogten, spielerisch kreisend wie Sonnenspiegelungen an einer Wand. Sie wußte selbst nicht, wie sie in Greys starken Armen die Treppe hinaufgekommen war. Das mit Teppichen ausgelegte und behängte Deck, überspielt von einem purpurnen Licht, das durch die Segel einfiel, wirkte wie ein himmlischer Garten. Und schon stand Assol in der Kajüte, einem Raum, wie es keinen schöneren geben kann.

Da erscholl von oben erneut eine gewaltige Musik, die das Herz aufwühlte und in ihren Jubel einstimmen ließ. Erneut schloß Assol die Augen, aus Furcht, alles könne verschwinden, wenn sie wieder hinsah. Grey ergriff ihre Hände, und da sie nun bereits wußte, wohin sie unbesorgt würde gehen können, barg sie ihr tränenfeuchtes Gesicht an der Brust des Freundes, der auf so zauberhafte Weise gekommen war. Behutsam, aber lachend, selbst erschüttert und darüber verwundert, daß der unbeschreibliche, ihm allein zugehörige Augenblick da war, faßte Grey sie unters Kinn, hob das langersehnte Gesicht zu sich hoch, und endlich öffneten sich die Augen des Mädchens völlig klar. Sie spiegelten alles, was einen Menschen auszeichnet.

»Nimmst du auch meinen Longren mit?« fragte sie.

»Ja.« Und nach diesem ehernen »Ja« küßte er sie so herzhaft, daß sie lachen mußte.

Nun verlassen wir die beiden, weil wir wissen, daß sie allein bleiben wollen. Viele Worte gibt es auf Erden in verschiedenen Sprachen und Mundarten, aber mit ihnen allen läßt sich nicht im entferntesten ausdrücken, was die zwei einander an diesem Tag zu sagen hatten.

Inzwischen wartete auf Deck, am Großmast, neben einem wurmstichigen Faß mit abgeschlagenem Deckel, worin ein hundertjähriger dunkler Wein zum Vorschein gekommen war, die gesamte Besatzung. Atwood stand da, Panten hatte sich gesittet hingesetzt und strahlte wie ein Säugling. Grey ging nach oben, gab der Kapelle ein Zeichen, nahm die Mütze ab und schöpfte selbst beim Lied der goldenen Trompeten mit einem geschliffenen Glas als erster den edlen Tropfen.

»Nun denn«, sagte er, als er das Glas geleert hatte, und warf es über Bord. »Jetzt trinkt, trinkt alle; wer nicht trinkt, ist mein Feind.«

Das mußte er nicht zweimal sagen. Während die »Secret« unter allen Segeln in voller Fahrt das für ewig in Schrecken versetzte Kaperna verließ, übertraf das Gedränge um das Faß alles, was in dieser Hinsicht an hohen Festtagen geschieht.

»Wie hast du den Wein gefunden?« fragte Grey Letika.

»Kapitän!« sagte der Matrose, nach Worten suchend. »Die Frage ist, wie er mich gefunden hat, jedenfalls muß ich meine Eindrücke erst noch überdenken. Wie Bienenstock und Garten!«

»Was?«

»Ich will sagen, es ist, als hätten mit einemmal Honigwaben und ein duftender Garten meinen Mund geweitet. Werden Sie glücklich, Kapitän! Und möge die glücklich werden, die ich die beste Fracht nenne, die beste Beute der ›Secret‹.«

Als der nächste Tag dämmerte, war das Schiff bereits fern von Kaperna. Ein Teil der Besatzung war so an Deck liegengeblieben, wie er eingeschlafen war, überwältigt von Greys Wein. Auf den Beinen hielten sich nur der Steuermann, der Wachhabende und der angeheiterte Zimmer, der mit seinem Cello am Heck saß, das Kinn nachdenklich zum Griffbrett geneigt. Er saß da, führte sacht den Bogen, ließ die Saiten mit zauberhaften, überirdischen Stimmen sprechen und dachte über das Glück nach ...

1920/21

93

Nachwort

Alexander Grin
und sein von Gestalten, die »nach anderen Gesetzen leben«, geprägtes Grin-Land

»DIE PURPURSEGEL WARFEN MIT DER UNSCHULD EINER TAT-sache sämtliche Gesetze des Seins und des gesunden Menschenverstandes über den Haufen.« So sahen in Kaperna jene das Erscheinen von Greys »Secret«, die Longren und Assol von Anfang an ausgrenzten, weil diese sich nicht in die Normen ihrer provinziellen Selbstgefälligkeit fügten. Damit gewinnt Grins facettenreiche Romantik, die den Lieder- und Legendensammler Egl das Spielzeugschiff aus Longrens Künstlerwerkstatt wie mit Zauberhand in eine Welt der Phantasie versetzen läßt, bereits in seinem ersten großen Werk (1923) soziale, gesellschaftliche Dimension. Und während es einem Märchen gleicht, daß für Assol dieser Traum in Erfüllung geht, verwirklicht er sich dank auch Greys Anders-Sein ganz irdisch als eines der »sogenannten Wunder«, die wir »mit eigenen Händen vollbringen müssen«.

In Grins späteren Romanen treten an die Stelle eines »Spitzengewebes von Geheimnissen in Gestalt des Alltäglichen« dramatischere Konflikte, weitet sich der Handlungsrahmen, stoßen die Figuren sogar mit Machtorganen zusammen, vertieft und differenziert sich die der Handlung innewohnende philosophische Wirklichkeitssicht. Bereits in der »Glitzernden Welt« (1924) muß Drud, der »nach anderen Gesetzen lebt«, seine Schöpfertum symbolisierende Fähigkeit, ohne Apparat, allein kraft seines Willens zu fliegen, mit dem Leben bezahlen, nachdem er sich Runas Weltherrschaftsplänen verweigert und ihr die schlichte, liebesfähige Tawi Tum vorgezogen hat: Zu unerträglich ist für das Spießerpublikum, ja für den Staat, daß er »das statische, ein für allemal als klares Bild gegebene Leben in Wallung bringt, es verändert und in eine leuchtende Ferne treibt«.

Natürlich kann man das alles als reine Phantastik lesen, genauso wie Grins Roman von der »Goldenen Kette«, die – Symbol für die Zerstörung eines Traums – gleichsam in »einer zweiten Welt jenseits des Sichtbaren« verborgen ist (1925), oder den vom »Wogengleiter« und der legendären Fresi Grant, die – selbst ein Traumsymbol – über die Wogen schreitet, »weil auch sie das sieht, was andere nicht sehen« (1928). Doch für den aufgeschlossenen Leser werden die rätselhaften Vorgänge in Grins Werken zu Parabeln von den im Menschen angelegten unerschöpflichen Möglichkeiten.

Zwar siedelt Grin seine Geschichten stets an Orten an, die sich wie Liss auf keiner Landkarte finden, gibt er seinen Figuren ungewöhnliche Namen. »Was hätte ich gemacht«, sagt Egl zu Assol, »wenn du mir irgendeinen unerträglich gewöhnlichen, im Lichte des Wunderbar Unbekannten fremden Namen genannt hättest?« Aber der romantische Zauber von Grins Gestaltungsweise führt nicht von der Wirklichkeit weg, sondern gründet sich auf bewundernswerte Detailtreue, die seine Fähigkeit einschließt, zum Beispiel den von Longren an Nordwindtagen beobachteten Ansturm des Meeres sichtbar, hörbar, atmosphärisch miterlebbar zu machen oder den Leser erstaunt verfolgen zu lassen, aus wieviel ungekannten, dabei greifbaren Farbnuancen Grey den richtigen purpurnen Segelstoff auswählt.

Ungeachtet mitunter sogar tödlicher Kollisionen seiner Gestalten mit – dank Geld oder Amt – Mächtigen, ungeachtet sozialkritischer Wirklichkeitsbilder entwickelt sich in den genannten Werken Grins die jeweilige Handlung aus charakterlichen, moralisch-ethischen Beweggründen seiner lauteren, gutherzigen, kreativen, ehrbewußten, unerschrockenen Protagonisten. Doch Assols Traum von dem Schiff mit Purpursegeln beinhaltet »den Sinn einer *anderen* Ordnung«. Greys Bekenntnis, für Menschen, deren »Seele das Samenkorn eines flammendroten Gewächses, eines Wunders, in sich birgt«, müsse man eben dieses Wunder vollbringen, zeitigt sogar unmittelbare, obzwar etwas verwunderliche Wirkung.

Umgekehrt birgt schon das Charakterbild von Greys hochmütig-seelenloser Mutter, deren »zarte Schönheit eher abstieß als anzog«, Ansätze, die sich im Roman »Jessy und Morgiana« (1929) psychologisch vertieft zu einer von mörderischem Haß angetriebenen Intrige der häßlichen Morgiana gegen ihre schöne Schwester entfalten. Charakteristisch für Grin ist der Lösungsentwurf, mag er vergeblich bleiben: »Versuch doch, gut zu sein, Mori«, rät Jessy. »Dann wird auch dein Gesicht sich ändern… Mag es nicht schön sein, so wird es doch ein liebes Gesicht werden.«

Bis in Grins letzten abgeschlossenen Roman »Der silberne Talisman« (1930) – obwohl hier laut buchstäblicher Übersetzung des Originaltitels alle Wege »nirgendwohin« führen – geraten seine Figuren in Konflikte, weil sie sich so verhalten, als lebten sie »in einem Land und unter Menschen, wie es sie vielleicht nicht gibt«. Und wie in allen Titeln davor begegnet dem Leser hier – wo dem unerschrockenen Davenant sein Eintreten für die Frauenehre gegenüber einem einflußreichen Lumpen zwar Gefängnis und Tod, aber auch viele Freunde und schließlich den moralischen Sieg einbringt – in Gestalt der hochherzigen Consuela eine »Fee«.

Die ungewöhnliche Genrebezeichnung »Feerie« hat der Autor dennoch nur für die »Purpursegel« benutzt – ein Werk, das seine Leser gerade in seiner romantischen »Jungfräulichkeit« schon seit Generationen wie kein zweites von ihm bezaubert.

GRINS UNBESCHWERT WIRKENDE PHANTASIE GRÜNDETE SICH auf die Erfahrungen eines schweren und entbehrungsreichen Lebens, war vielleicht selbst Ausdruck unentwegten Aufbegehrens. Da mag seine Herkunft bedeutungsvoll sein – daß er 1880 im Provinznest Wjatka geboren wurde: Sein Vater, ein von Gutsbesitzern im Wilnaer Gouvernement

abstammender Pole, war wegen seiner Teilnahme am polni-
schen Aufstand 1863 dahin verbannt worden.

Suchte Sascha Grinewski – so lautete sein richtiger Name
– aus der geistigen Enge, gegen die er schon an der Schule
rebellierte, erst in die Bücherwelt und dann in die »große
Welt« auszubrechen? Mit fünfzehn reiste er nach Odessa,
um Seemann zu werden. Von drei Fahrten abgesehen, miß-
lang der Plan – ihm fehlte Geld für die Ausbildung, und sein
schmächtiger Körperbau brachte ihm sogar Spott ein; aber
das Meer blieb sein Traum, und seine Brust zierte seither ein
tätowiertes Segelschiff. Gegen Obdachlosigkeit, Hunger,
Bettlerdasein sich auflehnend, suchte er sein Glück als Stük-
ke-Abschreiber und gelegentlicher Statist, als Fischerei-Ar-
beiter, Badegehilfe, Eisenbahn-Tischler, Wolga-Matrose,
Goldwäscher, Torfstecher, Holzflößer. »Meist war ich
Maxim Gorki«, kommentierte er diese »Universitäten«, die
ihn kreuz und quer durch Rußland führten – nach Baku, in
den Ural, später auch nach Simbirsk, Saratow, Kiew – 1913
in einer Autobiographie.

1901 freiwillig Soldat geworden – »da werde ich satt und
bekleidet sein« –, empörte er sich gegen den militärischen
Drill, desertierte, kam ins Gefängnis, desertierte wieder, jetzt
mit Hilfe von Sozialrevolutionären, und wurde unter wech-
selnden Decknamen deren Agitator. Wegen revolutionärer
Propaganda unter Marinesoldaten verhaftet, wurde er nach
zwei Jahren Gefängnis zu unbefristeter Verbannung verur-
teilt. Von den Sozialrevolutionären trennte er sich, da er
ihre terroristische Tätigkeit mißbilligte – mit einem Schuß
aus einem Damenrevolver auf seine revolutionäre Geliebte Katja Bibergal setzte er auch noch einen melodrama-
tischen Schlußpunkt. Aber »Verschlossen, gereizt, zu allem
fähig, sogar unter Einsatz des Lebens«, wie es in einer
Beurteilung hieß, wurde er trotz Amnestie erneut verhaftet, floh, wurde wieder verbannt, observiert. 1910 be-
gleitete ihn in die Verbannung nach Archangelsk, dann
Pinega als Ehefrau seine »Gefängnisbraut« Vera Gri-

newskaja (Kalizkaja) – sie hatte ihn als Betreuerin vom »Roten Kreuz« besucht.

Indessen war bereits 1906 Grins erste Erzählung erschienen, so wie weitere frühe Arbeiten noch »unromantisch« eigenen sozialen Erfahrungen gewidmet; aber erst ab 1907 unterschrieb er – mit falschem Paß lebend und zu Pseudonymen gezwungen – mit *Alexander Grin*. Auch wenn er relativ schnell zu seinem unverwechselbaren Stil fand – schon früh mit Autoren wie Brjussow, Andrejew kommunizierend -, war die irrig-englische Lesart seines Namens noch das wenigste, wogegen er sich durchsetzen mußte. Seine an Edgar Allan Poe, Robert Louis Stevenson geschulte dynamische, prägnante Schweibweise nährte den Vorwurf des West-Epigonentums.

Nach Beginn des Weltkrieges wieder observiert, begrüßte Grin den Sturz des Zarismus. Sein Verhältnis zur Sowjetmacht wurde jedoch von seiner Verurteilung der Gewalt geprägt, was nicht ausschloß, daß er in seinem nachrevolutionärem Werk die historischen Erfahrungen der sozialen Umwälzungen sehr indirekt reflektierte. 1919 zur Teilnahme am Bürgerkrieg mobilisiert, kam er aber zunächst tuberkulosekrank nach Petrograd zurück, überstand dort auch noch den Flecktyphus. Zu überleben, ein Dach über dem Kopf zu finden, half ihm mehrfach Maxim Gorki – er vermittelte ihm auch einen Auftrag zu einem Jugendroman. In seinem Rotarmistengepäck aber hatte Grin bereits sein Arbeitsmanuskript der »Purpursegel« mitgeführt – da hieß das Werk noch »Rote Segel«; purpurn wurden die Segel dank einer romantischen Liebe Grins zu Maria Alonkina, der siebzehnjährigen Sekretärin des »Hauses der Künste«, in dem er zeitweilig wohnte. Doch die fertige »Feerie« widmete der Autor schon seiner zweiten Ehefrau Nina Grin (Mironowa), mit der er bis zu seinem Tod zusammenlebte.

Im Rückblick ist schwer nachzuvollziehen, daß Grin, dessen umfangreiches Werk dem Leser einen ganzen, später »Grin-Land« genannten Kontinent erschlossen hat, auch unter den neuen gesellschaftlichen Bedingungen in ständiger Not war, oftmals Publikationsschwierigkeiten hatte. Daß seine Romane, seine Erzählungen die Vorstellungswelt des Lesers bereichern, ihn in rätselhaften und phantastischen Vorgängen für die Suche nach seelischer Schönheit, nach sozialer Gerechtigkeit gewinnen, war vom Gesichtspunkt vulgärer Soziologie zu wenig: »Sie verweigern sich der Epoche, und durch uns rächt sich die Epoche an Ihnen«, bekam er Ende der zwanziger Jahre bei der Ablehnung von Manuskripten zu hören.

Von einer auf fünfzehn Bände angelegten Werkausgabe Grins erschienen 1927 bis 1929 ganze acht. Einsam und krank, in tiefster Not, starb er 1932 in Stary Krim.

Eine Grin-Renaissance begann in der Sowjetunion 1956; aber auch vorher, als seine Bücher nur vereinzelt erschienen, verstummten seine Freunde nicht. So veröffentlichte Slonimski 1939 seinen Aufsatz »Alexander Grin – der reale und der phantastische«, worin es unter anderem heißt, Grin habe sein Schaffen der leidenschaftlichen Sehnsucht nach einem von Güte bestimmten Leben und gutherzigen Menschen gewidmet; in diesem Sinn seien die »Purpursegel« »ein Märchen von einem dank menschlichem Willen Wirklichkeit gewordenen Traum«. Zu einer Leningrader Ausgabe der »Purpursegel« 1944 – also noch im Krieg – schrieb Paustowski ein Vorwort, mit dem nur zwei Jahre später, 1946, im Berliner Verlag der sowjetischen Militäradministration (SWA-Verlag) die erste deutsche Übersetzung des Werkes erscheinen sollte – seither unzählige Male nachgedruckt; nur der auf die Kriegszerstörung an »Grins Häuschen« bezogene Satz Paustowskis entfiel in den folgenden deutschen Ausgaben. Grin war »ein Schriftsteller mit machtvoller Phantasie«, schrieb Paustowski. »In seinen Büchern schuf er seine Welt, aber in einer Weise, die dem, was bisher russische Schriftsteller niedergeschrieben hatten, ganz unähnlich war.« Doch Grins »Glaube an den

Menschen, an die Kraft seiner Gefühle, an seinen Verstand« stelle ihn in die großen Traditionen der russischen Literatur.

Viele Bücher Grins sind seither in deutschen Übersetzungen erschienen – nicht nur die genannten Romane und Novellen, sondern auch fünf Erzählungsbände, die Arbeiten aus den Jahren 1909 bis 1928 enthalten. Kompositorisch konzentriert, veranlaßten die Erzählungen die Herausgeberin des 1989 erschienenen Bandes, Lola Debüser, zur Verallgemeinerung, Grin enträtsele »stets Zusammenhänge, die durch äußere, sichtbare Faktoren nicht faßbar sind. Ihn beschäftigte die Rolle des Unterbewußten. Er war überzeugt von der Unendlichkeit der schöpferischen Potenzen des Menschen, von seinen verborgenen übernatürlichen Möglichkeiten, von der formenden Kraft des Geistigen und Psychischen für das Materielle und Physische... Die psychologischen Experimente und abenteuerlichen Sujets Grins entfalten sich in einer romantischen verfremdeten Welt zu sittlich-philosophischen Gleichnissen. Und stets geht es Grin um die Erforschung des geheimen Wesens der menschlichen Persönlichkeit«.

Die »Purpursegel« erscheinen deutsch in der schon fünften Übersetzung, die vorletzte als Nacherzählung mit einbezogen. Warum die erste – von Klementinowskaja – ausgerechnet Greys Monolog über Wunder um Wesentliches gekürzt hat, läßt sich heute nur noch hypothetisch erklären. Lag es an einer schon gekürzten Original-Vorlage? Bei Grin heißt es ja, eine neue Seele könne auch ein Gefängnisdirektor erhalten, wenn er »*von selbst* einen Häftling entläßt«, ebenso ist von einem Milliardär die Rede; und mit genau dieser Passage belegte noch eine 1967 unter Regie der Akademie der Wissenschaften der UdSSR herausgegebene Geschichte der Sowjetliteratur Grins einseitig moralisch orientierte Illusionen.

Wie sehr die Interpretationskunst jedes Übersetzers gefragt ist, demonstrieren schon die fünf Titel: »Das Purpursegel« – »Rote Segel« – »Die purpurroten Segel« – »Das feuerrote Segel« – »Purpursegel«. Ob wohl die Segel-Ein-zahl dem Traumschiff der Feerie gerecht wird und der Ver-zicht aufs Purpur, das Grin mit Bedacht an die Stelle des Rot gesetzt hat, nicht sogar inhaltlich, atmosphärisch einen Ver-lust bedeutet? Grins Gestaltungskunst, die Plastizität, Prä-gnanz, Emotionalität, dabei aber auch Natürlichkeit seiner Sprache, die dem Alltäglichen Glanz und dem Unvor-stellbarsten Glaubhaftigkeit verleiht, weckt darüber hinaus Neugier für die Unterschiedlichkeit der Übersetzungen.

Gibt es wohl nach den jüngsten Umbrüchen in Rußland noch das Flaggschiff der unter Grins »Purpursegeln«« fah-renden Übersetzungsflottille – die »Alexander Grin«, die nach den Worten des Grin-Forschers Kowski die Meere auf Trassen durchfurcht, von denen ihr schreibender Namens-vetter nur träumen konnte?

Leonhard Kossuth

Bibliographie deutscher Grin-Ausgaben
(1. Purpursegel; 2. Romane, 3. Erzählungsbände)

1.

DAS PURPURSEGEL. Eine Feerie. Ü.: Klementinowskaja. Vw.: K. Paustowski. Berlin [Leipzig]: SWA-Verlag 1946. NA: 1948. – Leipzig: Insel Verlag (Inselbücherei Nr. 290) 1952. NA: 1954, 1956, 1959, 1965, 1977. – Frankfurt/Main: Insel Verlag 1960. – Stuttgart: Klett-Cotta (Cotta's Bibliothek der Moderne; 51) 1986.

ROTE SEGEL. Ü.: Günter Löffler, 1962. – Siehe 3.

DIE PURPURROTEN SEGEL. Ü.: Elma Guttenberger, 1967. – Siehe 3.

DAS FEUERROTE SEGEL: d. Geschichte von d. Mädchen Assol. Nacherzählt von Willi Fährmann nach e. wörtl. Übers. aus d. Russ. von Galina Lichatschowa. Würzburg: Arena-Verlag 1976. – Würzburg (Arena-Taschenbuch; 1473) Arena-Verlag: 1984. NA: 1986, 1987, 1993, 1994.

PURPURSEGEL. Eine Feerie. Ü.: Charlotte Kossuth. Hrsg. u. Nw.: Leonhard Kossuth. LKG-Verlag Leipzig 1995.

2.

WOGENGLEITER. Phantastische Erzählung. Dt. Bearb.: Hanns A. Windorf. Vw.: Leonid Borissow. Rudolstadt: Greifenverlag 1948. – Frankfurt am Main: Suhrkamp (Suhrkamp-Taschenbuch 1830: Phantast. Bibliothek; 274) 1991.

DER SILBERNE TALISMAN. Ü.: Hermann Asemissen. Nw.: Wl. Dmitrewski. Weimar: Kiepenheuer 1962.

DIE GOLDENE KETTE. Ü.: Eva und Alexander Grossmann. Nw.: A. Grossmann. Weimar: Kiepenheuer1964. – Berlin: Verlag der Nation (Roman für alle; 212) 1974. – Berlin: Neues Leben (Kompaß-Bücherei; 328) 1985.

JESSY UND MORGIANA. Roman. Ü.: Eva und Alexander Grossmann. Nw.: Friedrich Minckwitz. Weimar: Kiepenheuer 1967. NA: 1970. – Berlin: Volk und Welt (Roman-Zeitung; 273) 1972.

DIE FUNKELNDE WELT. Phantastischer Roman. Ü.: Heinz Kübart.
Berlin: Volk und Welt 1988. – Klett-Cotta (Cotta's Bibliothek der
Moderne; 70) Stuttgart 1988. – Berlin: Volk und Welt (Romanzeitung;
478) 1990.

3.

ROTE SEGEL. Erzählungen. Ü.: Günter Löffler. Nw.: K. Paustowski.
Rudolstadt: Greifenverlag 1962.

DIE PURPURROTEN SEGEL. [Teils.] Ü.: Elma Guttenberger. Frankfurt/
Main: Possev 1967.

DER RATTENFÄNGER. Phantastische Novellen. Ü.: Waltraud Ahrndt u.
a. Hrsg. u. Nw.: Lola Debüser. Berlin: Volk und Welt 1984. – Berlin:
Buchclub 65, 1984. – Frankfurt/Main: Suhrkamp (Suhrkamp-Taschenbuch; 1239: Phant. Bibliothek; 168) 1986.

DER FANDANGO. Erzählungen. Ü.: Evelyn Beitz u. a. Hrsg. u. Nw.:
Karlheinz Kasper. Leipzig; Weimar: Kiepenheuer 1984.

DER MORD IM FISCHLADEN. Rätselhafte Geschichten. Ü.: Renate Landa.
Hrsg. u. Nw.: Lola Debüser. Berlin: Volk und Welt 1989.

Inhaltsverzeichnis